친구님

친구님

이상권 장편소설

|주|자음과모음

차례

들어가면서

★ 까마귀가 낳은 달

보낸 사람 : 검은 깃털 44.05.09 19:09

선생님, 안녕하세요? 저 스콧입니다. 선생님은 지금 어디 계실까요? 지난달에 콩고민주공화국 난민 캠프에 들어가신다고 들었는데, 아직도 그곳에 계시가요? 아니면 다른 지역으로 가셨을까요? 달이 환한 이런 날에는 유독 선생님 생각이 간절합니다. 이럴 때마다 제게 새처럼 날개가 달렸으면 얼마나 좋을까, 하는 생각을 해봅니다. 그럼 선생님이 계신 곳으로 가서 선생님이랑 반갑게 인사를 하고 수다를 떨 수 있을 텐데요. 우리 부족은 새를 수호신으로 모신답니다. 까마귀요. 우리 조상님들은 까마귀가 땅과 하늘을 이어주는 신이라고 생각하고 성인식 때 까마귀 문신을 배꼽 위에다 새겨준답니다. 특히 우리 부족은 해보다 달을 더 숭배했는데요, 그것은요 까마귀가 달을 낳았다는 전설 때문입니다. 저는 어렸을 때부터 이 세상의 모든 하늘을 가릴 만큼 큰 까마귀가 달을 낳았다는 이야기를 듣고 자랐습니다. 그래서 우리 부족은 모든 축제를 달밤에 한답니다. 근사하지요?

5년 전 난민 캠프에서 선생님을 만났을 때만 해도 제가 누군가를 믿고, 누군가의 친구가 될 수 있으리라고는 꿈에도 생각하지 못했습니다. 전 그때까지만 해도 그 누군가를 믿어본 적이 없었습니다. 저랑 같이 총을 들고 싸웠던 동지들까지도……. 열한 살에 군인이 되었을 때부터 저는 그렇게 교육받았습니다. 부모도 형제도 친구도 믿지 말라고요. 저는 부상을 당해 어쩔 수 없이 난민 캠프에서 치료받을 때 역시 아무도 믿지 않았습니다. 치료만 끝나면 부대로 복귀하라는 명령을 받은 상태였습니다. 우리 대장님은 선생님이 소속되어 있는 국경 없는 의사회도 악마라고 하였습니다. 미국이나 영국의 악마들이 국경 없는 의사회를 뒤에서 조종하고 있다고 말했습니다.

언젠가 선생님은 저하고 만난 것도 '운명'이라고 하셨지요. 우리 부족도 '운명'을 중요시합니다. 전 지금도 잊지 못합니다. 그날 밤 제가 난민 캠프에서 탈출하려고 나섰을 때, 어쩌다가 선생님하고 마주쳤는지 모르겠지만, 저는 움칠 놀라면서 눈을 돌렸지요. 그때 선생님이 다가와서 제 손을 잡고는 "스콧, 가는구나!" 하셨습니다. 아, 그때 얼마나 놀랐는지 모릅니다. 사실 제 주머니 속에는 독침이 들어 있었습니다. 저도 모르게 그것을 움켜쥐려고 했는데, 선생님은 겁도 없이 그런 저를 끌어안으면서 "스콧, 다리는 완치되지 않았으니까, 가급적 물에 젖지 않도록 해. 세균에 감염될 수도 있어. 항상 네 몸은 네가 챙겨야 해. 난 널 믿어. 항상 행복하고……." 그렇게 재잘재잘 말씀하시는데, "뭐 저딴 여자가 다 있어!" 하고 머리가 멍해지더라고요. 제가 어디 여행가는 게 아니잖아요? 전 다시 전쟁터로 돌아가는 거잖아요? 그런 아이한테 난 널 믿는다고 하는 거나 행복하라고 말하는 거나…… 이게 말이 됩니까? 부대로 복귀해서도 선생님 목소리만 생각나면 괜히 숲에 있는 다른 동물들에게 총을 쏘아대기도 했습니다. 어느 날 우리부대가 적을 기습했을 때, 적군 비밀기지에서 나오던 친척 형을 보았습니다. 어렸을 적에 같이 놀았던 형이었습니다. 저는 눈을 감으면서 방아쇠를 당겼고 그 형의 비명소리를 들었습니다. 그 순간, 항상 행복하라고 말씀하시던 선생님의 얼굴이 떠오르고…… 저도 모르게 죽은 사촌 형의 이름을 부르면서 뛰쳐나갔습니다. 뒤에서 누군가 소리치고, 총소리가 들리고, 총알이 제 어깨를 물어뜯었는데도 전 계속 달릴 수 있었습니다. 어떤 알 수 없는 절대적인 힘이 저를 지켜주었습니다. 제가 꼬박 하루를 쉬지 않고 걷거나 달리다가 정신을 차려보니 선생님이 계시는 난민 캠프 앞이었습니다. 전 선생님 이름을 부르면서 쓰러졌고, 제가 검은 새가 되어 달을 향해 날아가는 꿈을 꾸었습니다.

선생님, 늘 감사드리고 있습니다. 아마 선생님을 만나지 못했다면 저는 지금도 총을 들고…… 아니 아니, 어쩌면 새들만이 갈 수 있는 세상으로 가 있을지도 모릅니다. 아직도 제가 죽인 수많은 사람들이 꿈에 나오지만 그래도…… 예전만큼 힘들지는 않습니다. 선생님, 저 몸도 많이 좋아졌습니다. 병원에서 나온 뒤로 지난 2주간 약도 먹지 않았습니다. 이제 이겨낼 수 있을 것 같습니다.

친구도 생겼습니다. 병원에서 알게 되었습니다. 저보다 두 살 많은 여자 친구로 이름은 라케라이고요, 저처럼 학교 가다가 끌려가서 소녀병이 되었답니다. 선생님도 잘 아시죠? 여자아이들이 군인들한테 끌려가면 뭘 하는지요? 그래요, 군인들 성 노리개가 되지요. 라케라는 열네 살 때 첫아이를 낳았고, 열여섯 살 때 둘째를 낳았답니다. 그러다가 심한 우울증으로 저처럼 마약을 하게 된 거지요. 하지만 라케라는 저보다 더 밝아요. 늘 저를 위로해주고, 기쁘게 해줍니다. 제가 선생님 이야기를 했더니, "우와, 너보다 서른 살이나 많은 사람하고 친구라니……" 하면서 한 번 만나 뵙고 싶대요. 라케라도 선생님처럼 살고 싶어 하거든요. 우리 소말리아뿐만 아니라 세계 곳곳에서 학대받는 아이들을 도우면서 살고 싶어 한답니다. 선생님, 실은 저도 많이 궁금했답니다. 선생님은 어떻게 해서 이런 삶을 택하게 되었나요? 더구나 선생님은 의사도 아니잖아요? 그게 늘 궁금했어요. 그리고요, 저를 치료해준 그 김민수 박사님하고는 어떤 관계인가요? 부부인 것 같기도 하고, 아닌 것 같기도 하고…….

그러고 보니 선생님은 진짜 특별한 친구입니다. 저보다 서른 살이나 많지, 피부 색깔도 전혀 다른 부족이지, 국적도 다르지, 말도 다르지, 생각도 다르지…… 같은 게 하나도 없을 것 같은데, 어떻게 친구가 될 수 있었을까요? 그런데 작년에 선생님이 이렇게 말씀하셨어요.

"스콧, 나에게도 그런 특별한 친구가 있단다. 외계인 같은 그런 친구가……."

선생님, 그 특별한 친구 이야기도 듣고 싶어요. 그 친구는 남자인가요, 여자인가요? 한국 사람인가요, 아니면 다른 나라? 어떻게 알게 되셨나요?

선생님 말처럼 지금 당장은 미래에 대한 생각을 크게 하지는 않습니다. 제 몸이 건강해질 때까지는 지금 이 순간에 충실하려고 합니다. 하루하루 열심히, 건강하게 살아가다 보면, 제 정신도 건강해질 거라고 믿습니다. 선생님, 늘 저를, 우리를 믿고 지지해주시는 선생님, 다시금 감사드립니다. 저는 앞으로 더 자주 메일을 쓰겠습니다. 선생님은 바쁘니까, 자주 답장을 하지 않으셔도 됩니다. 대신 1년에 한 번씩이라도 저를 잊지 말고 꼭 답장해주세요. 선생님 다시 한 번 감사드리고, 저도 선생님 같은 친구가 있어서 행복합니다.

아주아주
특별한 친구가
있었다

1

★ 시험이 끝나고

보낸 사람 : 몽상가 13.05.02 20:49

선생님, 지난주에 중간고사가 끝났어요. 시험이 끝나자 갑자기 맥이 풀렸어요. 지난 3월 입학하자마자 전국모의고사를 봤으니까 고등학교에 와서 처음 보는 시험은 아니지만, 모의고사는 그냥 중학교 때 실력을 테스트하는 거라서 별로 긴장도 안 했어요. 하지만 이번 중간고사는 진짜 고등학생이 되었다는 것을 실감나게 해주었어요. 저도 많이 긴장했고요. 중학교 때까지만 해도 시험에 대해 별 생각 없었는데, 이제부터는 그럴 수가 없을 것 같아요. 이번에는 스트레스를 엄청 받았거든요.

게다가 엄마 때문에 더 힘들었어요. 전에도 제가 말씀드렸죠? 민사고 떨어지자 엄마가 다니던 교회를 옮겼다고요. 참 말도 안 되는 소리지만 우리 엄마한테는 당연한 일이랍니다. 그 교회 때문에, 그 목사님의 기도발이 약해서 제가 떨어졌다고 생각하시는 분이라니! 그런 생각만 하면 황당하지만, 그래도 전 엄마를 이해하려고 해요. 어쨌든 저를 위해서 그렇게 하는 거니까요. 말은 그렇게 하지만 저도 시험공부 하는 내내 제 옆에서 기도하시는 엄마를 보면 가슴이 답답해요. 제가 잠들 때까지 계속 기도만 하시는 엄마. 그런 엄마한테 제가 뭐라고 하겠어요? 일찌감치 저한테 올인 해버린 엄마가 부담스럽지만…… 그런 생각을 하면 더 열심히 해서 민사고에 붙었어야 했는데, 사실 제가 민사고에 마음이 전혀 없었거든요. 그래서 민사고 시험에 최선을 다하지 않았나 봐요. 그것이 못내 죄송해요. 그래서 이번에는 더욱 열심히 공부했어요.

성적순! 저는 성적이 좋은 쪽에 들어서 그 점에 대한 생각을 그다지 많이 해본 적이 없어요. 그런데 이 사회가 성적순이고 그걸로 경쟁을 하니까, 저도 은연중에 불안해지는 게 사실이에요. "1등만 기억하는 이 더러운 세상!" 이 유명한 말은 저도 십분 공감하고요.

아, 무슨 말을 하고 싶은 건지 저도 잘 모르겠네요.

어제는 옛날 친구한테 연락이 왔어요. 초등학교 4학년 때 짝꿍이었던 남자 친구 민수인데, 그 애가 절 좋아했거든요. 민수는 중학교를 다른 곳으로 가서 그동안 소식이 끊어졌어요. 그 애가 과학고에 들어갔더라고요. 초등학교 때는 저보다 공부를 못했는데 중학교 때 열심히 했나 봐요. 축하한다고 했어요. 민사고에 떨어졌다는 말은 못했어요. 자존심이 상했거든요. 대신 외고에 가고 싶었다고 했어요. 이제 후회해도 어쩔 수 없는 거지만 저는 정말 외고에 가서 여러 나라 말을 공부하고 싶었어요. 전 외국어 공부를 할때가 가장 좋아요. 새로운 세계에 대한 호기심도 막 싹트고요. 근데 엄마는 요새 외고가 전망이 없다고 하면서 민사고나 과학고만 가라고 했거든요. 현실적으로 대학 진학률이 더 높으니까요. 민수가 연락하고 지내자고 했어요. 글쎄요. 전 모르겠어요. 중학교 때는 이성 친구가 동성 친구보다 더 편하기도 했지만 그렇다고 마음을 터놓고 지낼 정도로 아주 가까운 이성 친구는 없었거든요. 민수가 싫지 않고 좋은 애라는 걸 알지만…….

요즘 들어 머리가 텅 빈 것 같다고 말씀드렸는데, 선생님께 메일을 보내는 건 그래서 참 행복한 일이에요. 생각을 하게 만들거든요. 게다가 샘께서 보내주신 메일을 다시 읽을 때마다 샘께서 제게 보여주시는 그 믿음이 커서 저도 그 믿음에 부합해서 살아가고 싶다는 생각이 간절히 들어요. 항상 감사합니다.^^

★ 그런 소년이 있었단다

보낸 사람 : 마법사 13.05.09 10:09

해인아, 이제 중간고사를 치렀으니 고등학생으로 확실하게 데뷔한 셈이구나! 전 세계 학생들 중에서 가장 빡세다는 대한민국 고등학생으로. 어쨌든 반드시 건너가야 하는 강이니까, 잘 이겨내면서 재밌게 지내길 바란다. 넌 잘할 수 있을 거야.

부끄럽게도 난 고교 시절을 잘 보내지 못했단다. 지금도 생생하게 생각이 나. 첫 중간고사를 치르고 교실 뒤에 붙어 있는 석차표를 보면서 절망하던 얼굴이 떠오르는구나. 믿어지지 않았어. 59명 중에서 58등이라니! 나는 작은 강변마을에서 살다가 대도시로 왔지만 그때까지 공부 못한다는 소릴 들어본 적이 없었어. 1등은 아니어도 그럭저럭 공부 잘한다는 소리를 듣고 살아왔지. 그런데 58등이라니! 첨에는 믿어지지 않았고, 그다음에는 충격으로 머리가 어지러워졌어. 성적표를 받아보고 자취방으로 올라오신 어머니의 목소리도 떨렸어.

"그동안 엄마가 시골에서 일만 시키고, 다른 애들처럼 과외 한번 못 시켜줘서 늘 미안했다만…… 그래도 내 아들이 이럴 줄은 꿈에도 몰랐다!"

난 그때 태어나서 처음으로 죽고 싶다는 생각을 했단다.

어디서부터 잘못됐는지 알 수가 없었어. 난 입학하자마자 갑자기 나타난 난독증으로 영어책을 비롯하여 국어 국사 사회문화 등 모든 책을 읽지 못했어. 하루하루가 불안하고 힘들었지. 학교가 너무 무서웠다고나 할까. 선생님들만 보면 가슴이 두근거리고 겁이 났으니까. 그러니 제대로 공부를 할 수 있었겠니? 그때부터 나는 공부 못하는 아이들을 더 많이 보게 되었고, 공부 못하는 아이들 마음을 알게 되었어. 예전에는 공부 못하는 아이들을 보면 '니네가 노력하지 않으니까 그렇지' 하는 생각이었는데 꼭 그런 것은 아니라는 걸 알았어. 사실 나도 나름대로 노력했고 성적이 하위권인 아이들도 다 나름대로 노력했다는 걸 잘 알거든. 그리고 성적으로 모든 것을 평가하는 학교 현실이 얼마나 황당한지도 깨달았지.

해인아, 난 지금도 그런 꿈을 꾼단다. 그 시절이 너무 아팠나 봐. 그래도 너는 공부를 잘하니까 행복한 거야. 그치? 난 네가 보내준 메일을 다 보관하고 있어. 진짜 네 편지가 나한테 큰 힘이 된단다. 정말이야. 잘 지내라.

2

★ ······

보낸 사람 : 몽상가 13.05.17 22:11

저는 인생에서 가장 행복한 순간 중 하나가 모든 것을 추억으로 기억하는 그 순간이라고 생각해요. 기쁜 일이든 불행했던 일이든 굉장히 끔찍한 일이든 그 모든 일들이 추억으로 남겨질 때, 그땐 정말 행복할 거라고 전 믿어요. 사실 그게 말처럼 쉬운 일은 아닐지도 모르죠. 하지만 당시엔 정말 무뎌지지 않을 것 같던 그런 기억들도 시간이 지나면 분명 무뎌져요. 그 감정과 느낌을 계속 되살리지 않는 한에서 말이죠. 아마 언젠가는 그 모든 일이 추억으로 남을 거예요. 전 운명을 어느 정도 믿는 편이고, 게다가 운명을 믿으면 마음이 편하니까요. 지극히 제 개인적인 의견이죠. ㅎㅎ 힘들 때 웃고 스스로에게 행복하다 말하면 진짜 행복해진대요. 과학적으로 증명된 사실이에요. 뇌? 세포? 이런 게 굉장히 단순해서 그렇다나 봐요. 어쩌면 힘들수록, 아플수록 더 애를 써서 웃고 더 애를 써서 행복하다는 말을 입 밖에 내야 할지도 모르죠. 죽고 싶었을 정도라니…… 얼마나 힘들었으면 그런 생각을 했을까요? 전 자살에 대해서 굉장히 부정적인 사람 중 한 명이에요. 그렇다고 자살하는 사람들을 비난하고 싶지는 않아요. 아마 그 사람들에게는 나름대로의 이유가 있었겠죠. 안타까울 뿐이에요. 자살을 한 사람들도, 자살을 하게 한 그들이 처해 있던 상황들도요. 저는 아직까지는 자살을 하고픈 마음은 없었어요. 하고 싶은 게 많으니까요. ㅎㅎ

그리고 저는요, 진짜 끔찍한 일을 당해도 악착같이 버틸 거예요. 끔찍한 성폭행을 당해도, 매 맞고 다녀도, 왕따를 당해도, 돈 없어서 화장실에서 똥 치우고 다녀도, 말기 암에 걸리고, 다리가 잘리는 한이 있어도 살 거예요. 저 하나 때문에 제게 소중한 사람들이 불편함을 느끼고, 짜증을 느끼고, 그들의 미래에 걸림돌이 된다면, 그건 그때 생각할래요. 하지만 그런 일이 있어도 자살은 안 할 것 같아요. 그때만큼은 이기적이고 싶어요.(물론 지금도 이기적이지만)

혹시 선생님은 버킷리스트를 작성하시나요? 버킷리스트 : 죽기 전에 하고 싶은 일이죠. '죽다'라는 말이 약간 속된 영어로 'kick the bucket'인데 '양동이를 차다'라는 뜻이래요. 사람이 양동이 위에 올라가서 밧줄에 목을 매고 양동이를 차면 죽게 되니까요. 그말이 유래되어서 'bucket list'가 되었다고 하더라고요. 전 버킷리스트 작성하고 있어요. 지금까지 60여 개 돼요. 쓸 게 많을 것 같았는데 막상 쓰려고 하니 별로 없더군요. 어쨌든 쓰고 나니까, 목표가 좀 더 뚜렷해졌달까요. 뭐 희망이나 기대감도 생기고, 나름대로 좋더라고요.

샘, 저 반에서 1등 했어요. 그래도 엄마 말씀처럼 기뻐만 할 수 없는 건 전교 석차가 10위권 안에 들지 못했거든요. 이런 경우가 처음이에요. 저번 본 모의고사에서도 전교 8등을 했는데…… 더 노력해야겠어요. 정말 죽어라고 공부를 해야 할지도 모르겠네요. 엄마가 다른 수학 학원을 알아보고 있어요. 수학이 가장 딸리거든요. 어쨌든 제가 반에서 1등을 해서 그런지 엄마의 표정이 어둡지는 않았어요.

선생님, 행복하세요.^^

★ 보고 싶은 친구

보낸 사람 : 마법사 13.05.22 10:00

돌아다보면 정말 아슬아슬한 시절이었지. 중간고사에서 58등을 한 뒤로 나는 말을 잃어버렸어. 기말고사에서도 성적이 나아지지 않았지. 집에서 차분하게 시험문제를 다시 풀어보니 그리 어렵지 않았어. 안타깝게도 너무 긴장해서 알고 있는 문제도 제대로 풀지 못한 거야.

난 이 난관을 어떻게 풀어야 할지 몰라서 당황했어. 그렇다고 내 주위에는 도움을 받을 만한 멘토도 없었어. 난 햇살도 들지 않는 대도시의 어느 작은 자취방에 고립되어 있었고, 터놓고 이야기할 친구 하나 없는 상태였지. 고민하다가 근처에 있는 교회를 찾아갔어. 거기 가면 내 고민을 털어놓을 수 있을 것 같았고, 누군가의 도움을 받을 수 있을 것 같았지. 나는 정말 열심히 찬송가를 부르고, 내 목소리가 하늘에 닿도록 기도하고, 또 하고…… 목사님이랑 전도사님은 기도만 하면 모든 게 다 좋아진다고 했지만 그렇지 않았어. 결국 거길 그만두었고, 그다음에는 성당에도 가보았고, 절에도 가보았지만 어떤 신도 나를 구원해주지 않았어. 신경정신과도 생각했지만 그곳에는 미친 사람들만이 가는 곳이라는 선입견이 있었기 때문에 엄두도 내지 못했어. 학교 선생님한테 면담을 요청하기도 했지만 공부 못하는 찌질이라서 그랬는지 거절당했지.

그 어떤 돌파구도 없는 상태였어. 해인아, 나도 고등학교 가기전까지는 죽음이라는 것을 생각해본 적이 없었단다. 그런데 나도모르게 그런 생각을 하게 되더라. 1학년 1학기 중간고사 결과가나왔을 때 처음 그런 생각을 했는데, 1학기 기말고사 성적이 나오자 그런 생각을 더 자주 하게 되었어. 이를테면 어떻게 하면 아프지 않고 자살할 수 있을까, 그런 궁리까지 하게 되었어. 그리고 결국 2학기 중간고사가 끝나던 날, 유서까지 써놓고 마을 앞을 흐르는 강가로 갔단다. 그날따라 어찌나 달이 밝던지, 강둑에서 돌아다보니 마을의 집은 물론이요, 논두렁에서 흔들리는 들꽃 한 점까지다 보이더라. 막상 강물을 보니까 겁이 나서 울음이 나왔지만 그렇다고 돌아갈 자신이 없었어. 수업시간마다 버벅거리면서 책을 읽지 못하는 내 자신이 두렵고 겁이 나고 도무지 감당할 수 없었지.

그래서 손발을 끈으로 묶고 뛰어내리려고 했는데, 손에 뭔가 잡히는 거야. 그게 뭐였는지 아니? 반지야. 무슨 동물 뿔로 만들어진반지. 원래는 가운뎃손가락에다 끼고 다녔지만 손가락이 굵어지고 나서는 새끼손가락에다 끼고 다녔어. 토끼풀 이파리가 새겨져있는 그 뿔반지를 보는 순간 그 반지를 나한테 준 친구의 얼굴이환하게 떠오르는 거야. 해인아, 나에게는 아주아주 특별한 친구가 한 명 있었단다. 지금은 어디에서 살고 있는지 모르지만 꼭 한 번 보고 싶어. 나름대로 찾으려고 노력했는데 아직 찾지를 못했어. 그 친구는 내가 중학교 2학년 때 고향을 떠나갔지. 나랑 헤어지면서 그 친구가 반지를 선물로 주었어.

"시우야, 이거…… 내가 열 살 때 태섭이한테 생일선물로 받은 거야. 태섭이가 날 좋아했거든. 태섭이가 석 달간 공들여서 만든 거야. 토끼풀 이파리가 우정을 표시한다고 하면서 자기랑 오랫동안 친구가 되어달라고 했지. 나도 태섭이를 좋아했지. 진짜 좋았어. 태섭이가 나한테 풀이름, 곤충, 동물 이름 다 알려줬고, 물수제비 뜨는 법, 벌을 피해가는 법, 뱀을 물리치는 법, 버들피리 만드는 법, 대나무 피리 만드는 법…… 그런 모든 것을 다 알려줬고, 머루며 보리수며 으름이며 온갖 맛난 것들을 따다가 주었어. 근데 그 놈은 오래 살지 못했어. 태섭이는 자주 아팠고, 결국 5학년으로 올라가던 봄날…… 자기만이 알고 있는 어떤 세상으로 가버렸어. 난 태섭이가 죽었다는 말 들었을 때도 울지 않으려고 강가에 앉아서 눈물이 나면 세수하고, 또 세수하고…… 그랬어. 난 그 뒤로 힘들 때마다 이 반지 보면서 살았어. 태섭이가 내 기억 속에 있으니까, 힘들어도 슬퍼도 열심히 살자, 하고. 근데 이제 내 손에 맞지도 않고 해서 결혼할 때부터 너한테 주려고 했어. 자, 태섭이랑 내가 주는 선물이야. 나 생각날 때 이거 보고, 힘들거나 슬플 때 이거 보면서 힘내. 아마 부적처럼 널 지켜줄 거야. 알았지?"

그 친구의 목소리가 바람처럼 내 몸속으로 흘러들었어. 한 번도 본 적이 없는 태섭이의 얼굴이 희미하게 그려지기도 했어. 나는 그 뿔반지를 손바닥에다 놓고 눈물로 짓이겨진 얼굴을 문지르면서 말했어.

"미안해, 미안해, 미안해. 나 죽지 않을 거야. 그냥, 그냥, 그냥…… 살 거야. 자신은 없지만 죽지는 않을 거야. 그냥, 그냥, 그냥, 저 풀들처럼 살지 뭐, 살지 뭐, 살지……."

그렇게 울면서 돌아섰단다.

해인아, 내게 그런 친구가 있었단다. 요즘 들어 그 친구가 무척 보고 싶어. 근데 어디에 있는지 알 수가 없어. 어젯밤에는 그 친구랑 놀던 꿈까지 꿨는데……. 해인아, 잘 지내라. 너도 행복해라.

3

★ 할머니의 제삿날

보낸 사람 : 몽상가 13.06.05 23:16

지난주 토요일 날 서산에 갔어요. 떠나온 지 고작 8개월밖에 되지 않았는데 너무 낯설어서 기분이 참 이상했어요. 마치 아주 오래전에 서산을 떠나온 것 같았어요. 그러고 보니 선생님이랑 저는 비슷하네요. 선생님도 어린 시절을 시골에서 보내고 고등학교 때 대도시로 나왔다고 했잖아요? 저도 마찬가지랍니다. 물론 서산은 시골은 아니지만 제가 살았던 곳은 시골이나 다름없었어요. 바로 집 근처에 산도 있고 논이랑 밭도 있고요. 토요일 밤이 할머니 제삿날이었어요. 서산에 큰집이 있거든요. 그래도 다행이에요. 큰집이 있어서 가끔씩 고향에 갈 수 있으니까요. 친구들도 많이 만났어요.

저는 할머니를 통해서 죽음을 알았어요. 그건 제가 처음으로 목격한 죽음이었어요. 어렸을 때는 부모님이 맞벌이를 하셔서 저는 할머니한테 응석을 부리면서 자랐어요. 할머니는 저희 집에서 사셨어요. 마당가에 있는 작은 텃밭을 가꾸면서, 찬송가를 읊조리시면서 걸어 다니실 때는 나비처럼 조용조용, 말씀하실 때도 절대 소리를 높이지 않았고요. 기독교 신자였지만 한 번도 누군가에게 종교를 강요하신 적이 없어요. 이웃들조차 할머니의 종교를 몰랐을 정도로요. 엄마하고는 너무 달랐죠. 저도 일찌감치 세례를 받았어요. 이런 걸 모태신앙이라고 하죠. 제 의지하고는 상관없이 부모님의 뜻에 따라 신앙이 결정되는 거요. 중학교 2학년 때까지는 일요일이면 항상 엄마를 따라서 교회에 갔어요. 어쩔 수 없이 따라가기는 했어도 재미가 없었고, 믿음도 생기지 않았어요. 모르겠더라고요. 아무리 몰입해서 기도해도 모르겠더라고요. 엄마는 기도가 부족해서 그렇다고 하는데…… 교회에 가면 헛생각만 나고, 오히려 우울해지고, 시간만 아깝다는 생각이 들었어요. 그래서 할머니한테 말씀드렸더니, "괜찮아. 교회 안 나가도 돼. 착하게 살면 돼. 살다가 어느 순간 생각나면 그때 편안하게 교회에 나가서 기도드리면 돼. 뭐든지 억지로 하면 안 되는 거야" 하며 내 손을 꼭 잡아주셨어요. 근데 엄마한테는 말할 수가 없었어요. 대신 할머니가 엄마한테 말했나 봐요. 하루는 엄마가 와서 "해인아, 엄마 기도가 부족해서 그런가 보다. 미안하다. 엄마가 더 열심히 기도할게" 하고 당신 탓을 하는데 어찌나 당황했는지 몰라요. 그건 아니잖아요? 그래서 엄마한테 대학 갈 때까지만 봐달라고 했어요. 일요일날 교회에 갔다 오면 이상하게도 공부에 집중이 안 된다고 했지요. 말도 안 되는 소리인데, 엄마가 뜻밖에도 그렇게 하라고 하더라고요. 그래서 지금은 교회에 나가지 않는 거예요.

제가 초등학교 4학년 초여름이었어요. 학교에 갔다 오니까 할머니가 마당에서 가위로 잔디를 자르고 계셨어요. 신기하죠? 잔디를 가위로 잘랐다고 하니까요. 헤헤헤. 우리 할머니는 마당을 이발하듯이 가위로 잔디를 잘랐답니다. 천천히, 조금씩, 날마다, 누가 말리면 "그냥 심심풀이로 해요" 하시면서요. 그날도 할머니는 잔디를 자르다가 저를 보고는 "배고프지야?" 그러면서 밥을 차려주고는 속이 안 좋다고 방에 가서 누우셨어요. 저녁이 되었는데도 할머니가 나오시지 않더라고요. 그래서 방에 들어가 보니까, 할머니가 누운 채로 돌아가셨더라고요. 아무리 흔들고 불러도 깨어나지 않았어요. 눈물도 나지 않았어요. 엄마 아빠가 오시고, 119 구급대가 와도 전 그냥 멍하니 서 있을 뿐. 장례식장에서도 울고 싶어도 눈물이 안 나더라고요. 어른들은 할머니가 편안하게 가셨다고 했어요. 근데 장례식이 끝나고 하루하루 흘러갈수록 자꾸만 할머니 생각이 나면서 우울해졌어요. 식구들이 아무렇지도 않게 살아가는 게 괜히 미워지고 너무 갑자기 돌아가신 할머니도 밉고요. 아파서 병원에 입원이라도 했다면 병간호라도 하면서 이별 준비라도 했을 텐데.

아무튼 이상하게도 신경이 날카로워지고요, 특히 엄마 아빠가 무슨 말만 하면 저도 모르게 톡톡 쏘아대고요. 저도 저 자신을 잘 모르겠더라고요. 공부도 안 되고, 괜히 짜증만 났어요. 엄마가 그러시더라고요.

"얘가 벌써 사춘기가 왔나 보네."

친구들하고도 사이가 안 좋았어요. 그때 선생님을 알게 된 거예요. 사실 우연히 동네 도서관에 갔다가 작가 선생님이 오신다는 벽보를 보고도 별 생각이 들지 않았어요. 그런데 선생님이 오시기로 한 날 저도 모르게 도서관으로 향하고 있더라고요. 하지만 강연하는 선생님 말씀이 귀에 들어오지는 않았어요. 선생님이 말씀을 다 하시고, 메일주소를 알려주면서 "혹시 더 궁금하거나 나한테 할 말이 있는 사람은 메일로 편지 쓰세요." 그랬을 때도 그냥 메일주소만 적었을 뿐인데, 집에 오자 누군가에게 막 하소연하고 싶은 거예요. 그래서 선생님한테 메일을 쓴 거였어요. 왠지 선생님은 제 맘을 알아주실 것 같았어요. 이해는 못하시더라도, 적어도 제 말을 들어주시기는 할 것 같았어요. 선생님이 아니었으면 많이 힘들었을 것 같아요. 정말 감사합니다. 선생님이 안 계셨으면 전 점점 더 어두운 애로 변해갔을 거예요. 감사합니다.

아 참, 뽈반지를 줬다는 그 멋진 어른 친구요. 남자예요, 여자예요? 어쩐지 전 여자 같아서요. 샘, 행복하세요.^^

★ 행복하기 위해서 사는 건데
보낸 사람 : 몽상가 13.06.07 18:51

답장이 오지 않는 것을 보니 바쁘신 모양이에요. 그래도 전 꾸준히 메일을 보내도록 하겠습니다! 어느새 샘께 메일 보내는 것이 제 일상이 되었죠.ㅎㅎ

어제는 학원 끝나고 잠깐 민수를 만났어요. 민수랑 이런저런 이야기를 하다가 행복하게 살고 싶다는 말을 했어요. 그냥 저절로 나온 거죠. 공부도 열심히 해서 누군가에게 조금이라도 도움이 되는 그런 삶을 살겠다고요. 민수 그놈 생각이 제법 깊더라고요. 초등학교 때하고는 전혀 달랐어요. 여자들은 아이 때나 지금이나 별로 변하지 않은 것 같은데 남자들은 자라면서 모든 체형이 바뀌더라고요. 전 여자가 남자보다 더 일찍 속이 차는 줄 알았는데, 민수를 보니까 꼭 그런 것만 같지 않았어요. 놀랍게도 민수는 곧 학교를 자퇴할 거래요. 자기하고는 맞지 않는다고요. 자기는 과학자가 꿈이었고 그래서 과학을 공부하려고 과학고에 갔을 뿐, 입시 학원 같은 곳을 그린 건 아니라면서요. 게다가 생각이 바뀌었어요. 이제는 과학자가 아니라 철학자가 되고 싶대요. 대학도 심리학과 간대요. 제가 "심리학과 가서 뭐 해먹고 살래?" 하고 물었더니 그게 그렇게 중요하냐고, 꿈이 더 중요한 게 아니냐고 말하더라고요. 저 충격 먹었어요. 사람의 가치가 공부 잘하는 거, 출세하는 건지⋯⋯ 민수 말처럼 인생은 행복하기 위해서 사는 건데⋯⋯.

민수 멋있죠? 외모도 근사해요. 키가 크고요. 얼굴에 '나는 착한 훈남이다!' 하고 써 붙인 것 같아요. 근데 잘 모르겠어요. 민수랑 계속 만나야 하는 건지. 뭐 연애를 하자는 것도 아니니까, 그냥 편하게 문자나 주고받고 가끔씩 만나서 수다 떨고 싶은 맘도 간절하지만, 이런 마음이 계속될까 하는 두려움 같은 것도 생겨요. 그냥 이렇게 편한 이성 친구가 가능할까? 나는 그렇다 쳐도 상대방은? 그건 모르는 거잖아요? 그게 좀 부담스러워요. 민수가 어려서부터 절 좋아했다는 걸 아니까, 그래서 더 부담스러운지도 모르겠어요.

샘, 바쁘면 답장 안 해주셔도 돼요.^^ 그래도 최소한 읽어주세요. 늘 수신 확인하고 있답니다.ㅎㅎ 안녕히 계세요! 부디 행복하시길⋯⋯.

★ 잃어버린 우리들의 무릉도원
보낸 사람 : 마법사 13.06.09 11:34

며칠간 전국 여러 곳을 돌아다녔단다. 친구들 모임도 있었고, 가까운 지인의 부모님이 돌아가셔서 조문을 가기도 했고, 그리운 친구 초님이를 찾아 나서기도 했어. 그래, 그 친구 이름이 초님이란다. 얼마 전에 고향 친구의 누님으로부터 초님이 소식을 들었거든. 결론부터 말하자면 초님이를 만나지는 못했단다. 초님이를 잘 안다는 사람을 만나기는 했으나…… 몇 년 전까지만 해도 회사일로 교류를 했다고 하는데, 지금은 잘 모른다고 하더구나.

"박지수 사장님의 건강이 좋지 않다는 소문을 듣기는 했지만, 그것도 그냥 들은 것이라서……."

그 사람은 그렇게 말을 흐렸어. 어쨌든 거기까지 알았으니까 다 찾은 거나 마찬가지지. 이제 맘만 먹으면 동사무소 같은 데 가서 도움을 청해도 찾을 수 있을 테고, 심부름센터에 맡기면 몇 시간이면 찾을 수도 있을 거야.

그런데 그동안 초님이를 왜 찾지 못했냐고? 글쎄다, 왜 찾지 못했을까? 물론 나는 나름대로 초님이를 찾기 위해서 노력했어. 이번 일처럼 초님이를 안다는 사람이 나타나면 전국 어디건 찾아갔으니까. 그런데도 초님이를 찾을 수가 없었어. 잘 아는 경찰관의 도움을 받아서 찾기도 했으나 다 실패했어. 너도 이미 눈치챘겠지만 초님이는 본명이 아니었어. 그래, 초님이는 그냥 마을에서 불리는 이름이었고, 호적에 올라 있는 이름은 지수였어. 예전에는 그런 일이 허다했거든. 자, 이러니 초님이를 찾을 수가 없는 건 당연하지. 게다가 나는 초님이가 박씨라는 것도 이번에 처음 알았어. 우리 마을이 경주 이씨 집성촌이라서 당연히 이씨인 줄 알았거든. 그래서 나는 이초님이라는 사람만 찾아다녔는데, 실제 이름이 박지수였으니 찾을 수가 없었던 거야. 게다가 나이도 정확하게 모르거든. 아무튼 이제는 찾을 수 있을 것 같아.

초님이는 챙이 넓은 모자를 쓰고 아이들처럼 재잘재잘 노래를 하고 다녔어. 손에는 항상 수건에 싸인 라디오가 들려 있었지. 한번은 초님이가 우리 집에 일을 하러 왔어. 당시 20대 초반이었던 초님이는 마을에서 일 잘하기로 소문난 일꾼이었지. 일은 밤이 늦어서야 끝이 났어. 밭에 있는 보리를 벤 다음 묶어서 사람이 끄는 수레에 실어서 집으로 가져와야 일이 끝나는 거야. 밤이 되자 나는 일하기가 너무 싫어서 막 짜증을 냈는데, 초님이가 노래를 부르면서 나를 달래주었어. 그날따라 달은 동그랗게 떠올랐고 보릿단이 가득 실린 수레를 초님이랑 내가 나란히 밀면서 갔는데, 어느 순간 초님이 몸에서 풍기는 향기에 푹 빠져버렸어. 뭐라고 딱 꼬집어 말할 수 없는 향기. 꽃비린내, 풀비린내, 물비린내, 바람비린내가 초님이 땀비린내랑 섞여 풍겼지. 난 그런 냄새를 처음 맡았어. 달이 커지면 커질수록 그 향기는 강해졌고, 내 기분을 좋게 하였어. 나는 나중에 크면 초님이 같은 여자한테 장가가겠다고 생각했지. 초님이처럼 일을 하면 할수록 좋은 향기가 나는 여자, 노래하면 할수록 더욱 좋은 향기가 나는 여자.

초님이도 나를 특별하게 생각해주었어. 가령 어디선가 귀한 꽃을 구해오면 "시우야, 너도 꽃 좋아하지? 이것 울타리 밑에다 심어라." 그렇게 가져다주었고, 비 오는 날 팥죽을 쑤면 "시우야, 너도 죽 좋아하지? 나도 너처럼 죽 좋아한다. 많이 먹어라." 그러면서 죽을 양푼 가득 퍼다 주기도 했어.

내가 4학년 때였을 거야. 요란하게 꽃샘추위가 지나가자 사방에서 봄이 막 터져 나왔어. 나는 삼촌에게 물려받은 고물 자전거를 타고 가다가 강가에 앉아 있는 초님이를 보았어. 가까이 가 보니 초님이가 울고 있더라고. 놀라서 그냥 가려고 했는데 초님이가 고개를 들더니 "시우야, 나 좀 태워줄래?" 그러는 거야. 나는 일찍부터 키가 큰 편이라서 자전거 하나는 잘 탔거든. 그래도 초님이가 탄다니까 부담스러웠어. 초님이는 내가 뭐라고 하기 전에 자전거 뒤에 옆으로 타고는 "시우야, 니 멋대로 한번 달려봐라!" 그래서 나는 에라 모르겠다 하고는 강둑을 타고 달렸어. 처음에는 긴장했지만 달리다 보니 편해졌지. 초님이는 다시 노래를 했고, 나는 강 아래로 아래로 달리다가 언젠가 한번 꼭 가보고 싶었던 골짜기로 접어들었지. 할머니는 그곳을 무릉도원이라고 하셨어.

그 골짜기는 10리가 넘을 정도로 깊어서 사람의 발길이 닿지 않고 온통 복숭아나무만 가득 차 있었지. 친구들이랑 몇 번 가려고도 했으나 우리 마을에서 20리나 떨어져 있어서 기회만 엿보고 있었던 거야. 그 골짜기가 눈에 들어오는데, 진짜 무릉도원이구나 했어. 맑은 물이 흐르는 골짜기 사이로 복숭아꽃이 눈 시리게 피어 있었어. 초님이도 말을 잃었고, 나도 말을 잃었어. 우리는 자전거에서 내려 걸어갔어. 시간이 정지한 것 같았어. 별세계 같았어. 현실하고는 다른 곳. 영원한 곳. 난 예나 지금이나 그런 영원한 곳을 꿈꾸거든.

"이런 곳이 있다니, 시우야 고맙다."

초님이가 말했어. 새소리도, 다람쥐나 개구리들 소리도 다 알아들을 수 있었고, 심지어 우리는 나비처럼 훨훨 날아다닐 수도 있었고, 아무리 뛰어도 지치지 않았어. 노을이 져서 그곳을 떠날 때가 되자 초님이가 말했어.

"시우야, 너라면 어쩌겠니? 좋아하는 사람이 있는데, 너무 가난해서 부모님이 반대해. 이럴 경우 너라면 어쩌겠니?"

고작 열한 살이었던 어린아이에게 초님이는 친구한테 말하듯이 말했어. 나는 그런 초님이한테 잠시도 망설이지 않고 대답했어. 다시 생각해도 그건 놀라운 일이었어. 내가 어떻게 그런 말을 할 수 있었는지.

"맘 가는 대로 해."

그 말을 들은 초님이는 환하게 웃더니 "고맙다!" 그러고는 악수를 청하는 거야.

그때부터 우리는 더욱 친해졌지. 나라는 사람이 이 세상에서 생겨나서 처음으로 마음을 털어놓고 지냈던 친구, 어쩌면 어머니나 할머니보다 더 속엣말을 많이 하였던 여자 친구, 적어도 그때까지는 그 친구한테는 숨기는 것이 하나도 없었으니까. 그런 친구였어. 분명히 어른인데도 어른 같지 않았던 친구. 우울하다가도 그녀를 보기만 하면 기분이 좋아지던 그런 친구. 나에게는 그런 친구가 있었단다.

해인아, 얼마 전에 그 골짜기도 다녀왔단다. 안타깝게도 복숭아나무는 한 그루도 없이 사라져버렸고, 여기저기 깎인 산에는 인간들의 집이 들어서 있고, 계곡 주변에는 온갖 음식점들이 들어서 있더구나. 어디 그뿐이니? 사람도 많지 않은 그곳에 화려한 교회가 세 채나 자리하고 있었고, 밤낮으로 시끄럽게 목탁 소리를 흘려보내는 절도 들어서 있었어. 그곳의 시간은 더 이상 영원하지 않았어. 엄청 빨랐어. 그것도 우리가 잃어버린 것이라고 생각했지.

해인아, 오늘은 많이 길어졌구나. 너한테 주절주절 수다를 더 떨고 싶은데, 더 늘어놓고 싶어서 입 안이 근질근질 미치겠는데, 집

에 손님이 오기로 해서 더 이상 못 쓰겠다. 오늘은 여기까지. 행복
해라.

★ 니 맘대로 그려라
보낸 사람 : 마법사 13.06.10 09:34

해인아, 안녕? 오늘은 컴퓨터를 켜자마자 네 생각을 했단다. 어
제 못다 한 이야기가 있어서 어서 빨리 말을 하지 않고서는 견딜
수가 없었나 봐.

나는 경기도에서 살다가 여덟 살 때 할아버지 할머니가 사시는
남도의 어느 강촌으로 이사를 하였어. 그곳 아이들은 나를 자기들
무리에 잘 끼워주지 않았어. 그래서 나는 혼자 그림 그리기를 좋
아했지. 나는 크레파스가 없어서 숯덩이로 그림을 그렸고, 건전지
를 분해하면 연필처럼 생긴 까만 막대기가 나오는데 그것으로 그
리기도 했고, 형이나 누나가 쓰고 남은 몽당 크레파스로 그리기도
했어. 그렇게 그림을 그리다 보면 마음이 편안해졌어.

초님이하고는 무릉도원에 갔다 온 뒤로 부쩍 친해졌어. 내가 마
을이 다 내려다보이는 뒷동산 소나무 밑에 앉아서 그림을 그리고
있으면 어느새 초님이가 다가와서 "넌 좋겠다. 니 맘대로 니 생각

을 그릴 수 있어서" 하고 말했지. 처음에는 그 말이 무슨 뜻인지, 이를테면 칭찬인지 뭔지 몰라 약간 수줍게 그림을 감추면 "니 생각을 니 맘대로 그려라. 니가 꿈꾸는 세상을 맘대로…… 그게 좋은 거야" 하고 말했는데, 내 귀에 들릴락말락하게 작은 소리였어. 그래도 내가 가만히 있으면, 내가 그린 것을 슬쩍 보고는 "그래, 꽃도 니 맘대로 그려" 하면서 오이랑 참외를 바구니에서 꺼내주기도 했고, 때로는 껌, 과자, 써니텐 같은 음료수도 주기도 했어. 내가 풀이나 곤충을 그리면 가만히 보고만 있다가, 다음 날 "이것도 그려봐라" 하고 새로운 곤충을 잡아오기도 했어. 근데 그림에 대한 평은 하지 않았어. 어떻게 그리라는 말도.

또 한 번은 내가 마을 앞들에서 소꼴을 베다가 소나기를 만났어. 나는 나무로 만들어진 수레를 길가에다 두고 꼴을 베고 있었는데, 어디선가 초님이가 "시우야, 소나기 몰아온다!" 하고 소리치면서 내 쪽으로 달려왔어. 나는 피할 데가 없어서 그냥 멍하니 있었어. 근데 초님이는 벌써 수레 밑으로 몸을 피하고는 나를 불렀어. 그제야 나도 달려갔어. 수레에는 꼴이 가득 실려 있어서 비 한 방울 밑으로 새지 않았어. 내가 망설이자 초님이가 내 손을 잡아끌었어. 우리는 몸을 딱 붙이고 떨어지는 빗방울을 보고만 있었지. 빗소리 때문에 처음에는 시끄러웠는데, 잠시 후에는 내 숨소리가 들릴 정도로 주위가 조용해졌어. 초님이는 가슴속으로 옹

얼거리듯이 비에 대한 노래를 불렀어. 〈초우〉라는 노래였어. 나는
초님이랑 몸을 딱 붙이고 초님이 몸에서 풍기는 향기를 맡으며
노래를 들었지. 그 소나기가 영원히 그치지 않기를, 그대로 세상
이 끝나버려도 좋다는 생각을 했지. 그만큼 초님이가 좋았어. 그
런 친구였어.

해인아, 잘 지내라. 항상 행복하고.^^

4

★모두들 너무나 많이 노력하고 힘들어 한다

보낸 사람 : 몽상가 13.06.23 20:07

선생님 글을 읽다 보니, 초님이라는 분이 무척 궁금해져요. 분명히 미인이었을 것 같은데, 더구나 몸에서 향기가 난다니…… 아, 사람의 몸에서 나는 향기라? 더더욱 궁금해져요. 그때는 향수도 없었을 텐데요. 땀 냄새랑 바람, 햇살, 풀, 물 그런 냄새가 섞여서 풍기는 인간 본연의 냄새일 텐데. 대체 그런 냄새란 어떤 것일까요? 같은 여자로서도 신비롭고 부러워요. 향기만으로 누군가를 감동시킨다는 것. 사실 저도 향기에 민감하거든요. 제 주위 친구들도 다 향수를 뿌리고 다니죠. 근데 그런 인공 향기가 아니라니……

샘, 꼭 그 친구 분을 찾길 바라요.

　오늘은 민수가 풍물 연습 하는 데를 따라갔어요. 민수는 아직 학교를 그만두지 않았어요. 조만간 그만둔대요. 제가 말리고 싶어도 워낙 의지가 강해서요. 글쎄요. 민수를 보면 어떤 알 수 없는 힘이 느껴져요. 제가 가질 수 없는 어떤 특별한 힘이랄까? 공부를 잘하지만 저 같은 범생이는 아니죠. 중학교 때부터 계속 쇠를 쳤대요. 사실 저도 쇠를 배우고 싶었어요. 근데 용기가 없었죠. 용기란 시간을 포기해야 하니까요. 민수가 너무 부러웠어요. 왜 난 저러지 못할까? 저도 그들 속의 하나가 되고 싶다, 그런 생각을 했어요. 민수 친구들이 연습하는 것을 다 보고 나자 진이 빠지더라고요. 기분이 되게 좋고 행복한데, 또 그 흥분이나 흥겨움 때문에 진이 빠져요. 이걸 어떻게 설명해야 할지 모르겠네요. 글쎄요. 참 이상한 기분이에요.

　민수가 그러더라고요. 중학교에 가서 왕따 당하면서부터 굉장히 힘들었대요. 아이들만 보면 무섭고, 아이들이 하는 뒷담화가 늘 귀에 울리고 해서 잠도 못 잤대요. 저도 알거든요. 또래 관계가 무서운 이유가 뒷담화 때문이에요. 몇 년 전에 가장 친한 친구 중 한 명이었던 애가 저에 대해서 말하는 걸 들은 것 같아요. 사실 그게 진짜인지는 모르겠어요. 꿈이었던 것 같기도 하구요. 헷갈려요. 그게 뭐든 간에 제가 왠지 싫대요. 딱히 뭐 싫은 점을 집어서 얘기할

건 없는데, 제가 왠지 모르게 싫대요. 꿈이라기엔 너무 현실 같고, 현실이라기엔 너무 스쳐 지나가듯 들어서 확신이 서질 않네요. 무서웠어요.

반면에 어른들은 훨씬 편해요. 어른들은 제 겉면만을 보고 있으니까요. 착한 학생, 모범적인 학생, 이렇게 어른들에게 이미지가 굳어져 있어서 그냥 그대로만 행동하면 전 그렇게 착한 학생이 되죠. 어른들이 저를 흡족하게 여기고 있다는 게 눈에 보여서, 그냥 전 그렇게 가만히 있으면 되는 거거든요. 물론 친구들은 다르죠. 친구들은 어른들에 비해 저에 대해서 훨씬 많이 알아요. 저의 말투, 행동, 성격, 태도 처음부터 끝까지. 게다가 친구들하고 지내는 시간이 더 많고 더 큰 비중을 차지하고 있거든요. 그런 생각을 하면 온몸에 소름이 돋아요. 내가 이렇게 행동하면 안 되는 건가. 전 착하고 싶어요. 화날 때는 욕도 하고 짜증도 내지만 그래도 평소에는 그냥 착하고 싶어요. 문제는 착하다는 것이 또래들 사이에는 재미없는 거예요. 다른 애들 뒷담화도 하고, 숙제도 가끔 빼먹고, 쿨하게 땡땡이도 치고, 욕도 좀 쓰고, 이런 친구가 친구들 사이에서 재미있는 친구예요. 그렇다면 전 재미있는 친구는 못 돼요.

민수는 쇠를 치면서부터 당당해졌다고 했어요. 그러면서요, 어른들보다 친구들 앞에 서는 게 더 편해졌대요. 겉만 보고 평가하는 어른들의 가식적인 눈빛, 참과 거짓으로만 구별하는 어른들 눈빛, 착하냐 안 착하냐로만 구분하는 어른들 눈빛은 부담스럽게 재미없고 시시하대요.

이야, 대단하죠? 뭔가 저하고는 차원이 다른 것 같았어요.

"모두들 너무나 많이 노력하고 힘들어 한다. 대체 행복이 뭐기에 행복은 어쩌면 지나치게 결과론적인 것 같다. 과정은 힘들어도 마지막에 행복하기만 하면 된다는……. 하지만 이제 지겹다. 내일을 위해서가 아니라, 다음을 위해서가 아니라 바로 지금 행복했으면 좋겠다."

이건 민수가 헤어지면서 저한테 했던 말이에요. 집에 와서 엄마한테 민수 이야기를 했더니 "해인아, 이제 본격적으로 공부해야 하는데, 남친은 나중에 사귀어라. 대학 가면 얼마든지 사귈 수 있잖아" 그러시더라고요. 순간 서운하기도 했지만 전 엄마 말이 맞다는 생각이 들더라고요. 모르겠어요. 어떻게 해야 하는지.

비가 그쳤어요. 창밖을 보니까 거의 바람도 불지 않나 봐요. 학원 창밖으로 보면 커다란 모과나무가 바로 앞에 있는데(2층이에요) 전혀 흔들리지가 않네요. 기분이 왠지 묘해지는데요. 샘이 사시는 곳은 어떤가요? 저도 산에 올라가고 싶네요. 샘도 행복하세요.^^

★ 비를 맞으면 몸에서 풀이 난다

보낸 사람 : 마법사 13.06.27 10:00

여기도 비가 오는구나. 난 지금도 비가 내리면 우산도 쓰지 않고 돌아다닌단다. 아주 어렸을 때도 그랬어. 비를 맞다 보면 빗속이 다른 세상 같거든. 그건 비를 좋아하는 사람만이 아는 아주 특별한 비밀이란다. 빗속에다 몸을 맡기고 걷다 보면 어느 순간 주위가 고요해지고, 이 세상에 나 혼자만 있는 것 같아. 난 그런 기분이 좋아. 그래서 비를 맞는 거야. 첨에는 나만 비를 좋아하는 줄 알았는데 비를 맞고 돌아다니다 보니 나랑 비슷한 사람들이 있더라고.

초님이는 비가 오면 강가에 앉아서 그 비가 그칠 때까지 움직이질 않았어. 처음에는 낚시질을 하는 줄 알았는데 그게 아니었어. 내가 그런 초님이를 보고 다가가면 "야, 시우야 물고기들 올라간다. 저 물고기들이 나중에 용이 된단다. 용이 되기 위해서 저렇게 빠른 물살을 타고 올라가는 연습을 하는 거란다. 나중에는 비를 타고 하늘로 올라가야 하거든" 하고 물살을 거슬러 오르는 잉어들을 손가락질했어. 그건 정말 대단한 일이었지. 누런 황톳물이 콸콸콸 쏟아지는 봇도랑을 거슬러 오르는 잉어들을 본 순간 나도 모르게 "나중에 잉어로 생겨나고 싶어!" 하고 말해버렸고, 잉어들이 인간들보다 더 나은 생명체라는 생각도 들었어. 잉어들이 신비스럽고 숭고하다는 생각까지 들었지. 잉어는 용이 될 수 있지만 인간은 용이 될 수 없다고 생각했으니까. 나도 용이 되어 하늘로 올라가고 싶었어. 거기 가면 어떤 세상이 펼쳐져 있을까? 그런 상상을 끝없이 하였지.

그러다가 마을 쪽으로 고개를 돌렸어. 안개가 쌓여 있는 마을 곳곳에서 연기가 솟아올랐지. 연기란 살아 있다는 표시였어. 그때는 연기만 보면 마음이 포근해졌지. 초님이는 흠뻑 젖어버린 머리카락을 손가락으로 쓸어내리더니, 혼잣말에 가깝게 말했어.

"시우야, 난 어렸을 때부터 이런 생각을 많이 했어. 우리 마을을 보면 작은 나라 같다는 생각. 백여 호가 모여 사는 작은 나라. 어떤 사람은 장구를 잘 치고, 어떤 사람은 멍석을 잘 만들고, 어떤 사람은 구들을 잘 놓고, 어떤 사람은 쟁기질을 잘하고, 어떤 사람은 무당이고, 어떤 사람은 요령잡이이고, 어떤 사람은 집을 잘 짓고, 어떤 사람은 울타리를 잘 치고, 어떤 사람은 우물을 잘 파고, 어떤 사람은 풍수지리를 잘 알고, 어떤 사람은 약초를 잘 알고…… 불필요한 사람이 한 명도 없어. 모든 사람들이 저마다 필요한 재능을 가지고 있어서 외부 사람들 도움이 없어도 저 작은 세상이 굴러가는 데 아무런 불편함이 없어. 자체적으로 모든 걸 다 해결할 수 있어. 저 마을에는 그 엄청난 힘이 숨어 있어. 그런데 이상하게도 크면 클수록 알면 알수록 가슴이 답답해져. 시우야, 왜 그럴까?"

초님이는 그렇게 내가 이해할 수 없는 말들을 자주 하였어. 그런 말을 들을 때마다 어른인 초님이가 아이인 나한테 왜 그런 말을 할까, 하고 의구심을 품기도 했지만, 언제부턴지 그냥 들어주기만 하면 된다는 것을 알게 되었지.

들어준다는 것이 얼마나 대단한 일인지, 그걸 깨우쳐준 건 어른들이 아니었어. 놀랍게도 내 마음을 가장 먼저 열게 해준 것은 나무였어. 뒤란에 있는 동백나무. 그 동백나무는 품이 유달리 커서 내가 나무에 올라가면 식구들이 근처에 와도 날 찾을 수 없었어. 난 늘 동백나무에 올라가서 편지도 쓰고 책도 읽고 중얼중얼 하소연도 하였어. 그러다 보면 어느새 마음이 풀렸지.

그다음으로 내 마음을 열게 한 것은 우리 집 소였어. 내가 늘 끌고 다니는 암소가 한 마리 있었는데, 나이가 몇 살이나 되었는지 그건 몰라. 난 친구들하고 싸우거나 학교에서 무슨 일이 있거나 하면 소한테 와서 중얼중얼 말을 하였어. 소는 외양간에 있으니까, 하루에도 몇 번씩 볼 수 있잖아? 난 그 암소한테 가서 기분 좋은 일, 나쁜 일 다 주절주절 털어놓았지. 그럼 암소는 주먹만 한 눈을 굴리면서 내 이야기를 다 들어주었어. 이상하게도 소한테 털어놓고 나면 마음이 편해졌어. 소는 절대 내 말을 중간에 자르지도 않았고, 어른들처럼 누구하고 비교하면서 잔소리하지도 않았고, 또

내 비밀을 그 누구에게 털어놓지도 않았어. 그런데 어느 날 어머니랑 할머니, 할아버지도 소한테 당신들의 속마음을 내보인다는 걸 알게 되었지. 그분들도 나처럼 소한테 주절주절 이야기를 하시더라. 그때야 안 거야. 소는 단순히 인간이 기르는 동물이 아니구나. 비록 인간이 키우지만 어쩌면 인간보다 더 지혜로운 동물이구나. 그리고 식구들의 모든 이야기를 들어주는 소 때문에 우리 집이 평화로운 것이구나. 그런 생각을 한 거지.

물론 초님이한테도 털어놓았어. 초님이도 속상한 일이 있을 때는 나한테 털어놓았어. 난 초님이가 알 수 없는 말을 해도 전혀 지루하지 않았어. 오히려 고마웠어. 나를 소나 동백나무처럼 생각한다는 것을 알았으니까. 그러면서 내가 초님이한테 소나 동백나무 같은 존재였으면 하는 생각도 했어. 그러다가 내가 아직 어리다는 걸 알았을 때는, 나이 먹는 약이라도 먹고 어서 오백 살 정도 나이가 들었으면 좋겠다는 생각도 하였지.

해인아, 내가 너를 비롯하여 몇몇 아이들이랑 이렇게 편지를 주고받는 것도, 실은 너희들 말을 들어주기 위해서야. 내가 맨 처음 보낸 편지에서 말했다시피 난 멘토니 뭐니 그런 건 못해. 그냥 너희들 이야기를 들어주고 싶어. 어린 시절 내 이야기를 들어주던 소처럼, 좋은 친구란 이야기를 잘 들어주는 존재이거든.

잘 지내라. 그리고 비를 너무 많이 맞으면 몸에서 풀이 난다는
거 알지? 사실 내 몸에는 곳곳에 풀이 자란단다. 진짜야! ㅎㅎㅎ

5

★ 개구리초콜릿

보낸 사람 : 몽상가 13.07.27 00:52

선생님, 갑자기 질문이 하나 생겼어요. 선생님께서는 왜 작가가
되셨나요? 저의 희망직업 중 하나가 작가이기 때문에 궁금증이 드
네요. 물론 부모님 생각은 달라요. 아빠는 비교적 제 의견을 존중
해주면서 하고 싶은 걸 하라고 하지만, 엄마는 달라요. 엄마는 의
사나 교사가 되기를 원해요. 저는 의사나 교사는 자신이 없어요.
누군가를 가르치고 누군가를 치료한다는 것, 그것은 엄청난 사명
감 그 이상을 요구하는 것 같아요. 전 독립 의식이나 자유로운 의
식이 강해요. 아마 전 자유롭게 살 거예요. 그렇게 믿고 있죠. 전

자유를 추구하는 사람이니까요. ㅎㅎ 그래서 작가를 생각했고요. 또 기회가 된다면 유엔 같은 국제기구에서도 일을 해보고 싶고요. 국제 NGO 단체에서도 일해보고 싶어요.

전 꿈이 커요. 누가 들으면 비웃음 살 만한 말도 안 되는 꿈일 거예요, 아마. 아직 세상을 모르는 한 소녀의 몽상이라고 볼 수도 있겠죠. 저는 세상을 조금이라도 바꾸고 싶어요. 내 주위의 작은 관계 내에서가 아니라 세계적으로요. 아, 진짜 써놓고 보니까 더 웃음이 나네요. 저 미쳤나 봐요. 저는 그런 걸 계속 상상하고 믿으면서 살거든요. 제가 좋아하는 일로 다른 사람들을 돕고 세상을 좋은 쪽으로 변화시킬 수 있다면 얼마나 행복할까, 그런 생각이 들었어요. 그렇게 변화시킬 수 있으려면 그만큼 유명하고 영향력이 있어야 할 거예요. 제가 '공정무역'에 대해 관심을 가지고 있어서 조사를 한 적이 있었어요. 그러다 책 『해리포터』에 관한 이야기가 있어서 읽어봤죠. 『해리포터』, 엄청 유명하죠. 해리포터연합이라고 해리포터 이야기 내에서 강조되는 덕목들을 실천하는 뭐 그런 팬클럽 비슷한 게 있대요. 해리포터연합과 국제노동권포럼인가, 그렇게 손잡고 개구리초콜릿(해리포터 중에 나오는 초콜릿 종류예요) 만드는 회사에 요구를 했다네요. 그 초콜릿을 공정무역을 통해 만들고 판매하라고 말이죠. 제가 예전에 말씀드렸는지 모르겠지만 정말이지 유명해야 뭐든 더 효과적으로 도움이 되는 것 같아요. 그런 생각이 들었어요. 내가 유명해져야겠구나. 내 책이 유명해져서 그 책을 읽고 사람들이 변화했으면 좋겠다. 네, 그랬어요. 사실 제가 지금 이렇게 쓰고 있는 것도 많이 작게 이야기한 거예요. 정말 어이없는 꿈이긴 한데, 진짜 제가 미친 게 그걸 믿고 있다니까요. 제가 그럴 거라는 걸요.

 이렇게 말하는 지금도 전 믿고 있어요. 다만 정말 가끔가다 그런 생각이 든다는 거죠. 이렇게 꿈꾸고 있다가 현실은 시궁창, 이런 꼴이 되면 어떻게 하지. 난 어떻게 벌어먹고 내가 꿈꾼 건 다 허사가 되어버리는 건가. 가끔 그래요. 샘은 어떻게 생각하시는지 궁금해요.(제가 샘을 곤란하게 하는 건가요;;ㅎㅎ)

 민수는 1주일 전에 학교를 자퇴했어요. 그 문제로 부모님이랑 심하게 다퉜대요. 부모님이 앞으로 하나도 도와주지 않겠다고 했대요. 이를테면 경제적인 것들이죠. 부모의 말을 듣지 않았으니까, 어디 네 맘대로 해봐라, 너 혼자서 살아봐라, 어디 혼자 고생 좀 봐라, 뭐 그런 거죠. 어른들은 항상 그렇잖아요? 민수는 오히려 잘됐다고 이야기하더군요. 혼자 방을 얻어서 나온대요. 물론 혼자 돈 벌어서 살아가겠다고 하더군요. 제발 민수가 잘 살기를 바라야겠죠. 제가 도와줄 수 있는 것도 없고요. 솔직히 많이 걱정돼요. 우리 사회에서 고등학교도 졸업하지 않은 아이가 혼자 살기에는 모든 조건들이 너무 힘든 게 사실이잖아요? 그렇지만 민수의 의견을 믿어주고 박수쳐주기로 했어요. 민수가 열심히 살겠다고 했거든요.

저 기말고사도 잘 봤어요. 시험만 생각하면 항상 아슬아슬하게 외줄을 타는 것 같아요. 그래서 시험 이야기를 하고 싶지는 않지만 샘께서 궁금해하실까 봐요. 1주일간 하루에 3시간 이상 자본 적이 없어요. 그냥 절로 눈이 떠지더라고요. 물론 엄마께서도 주무시지 않고 계속 기도를 드리더라고요. 그게 엄청 부담스럽기도 하지만 이제는 그런 풍경이 익숙해져서 오히려 엄마가 안 보이면 이상해지기도 해요. 그렇게 공부하다 저절로 잠이 들면 꿈에서는 경쟁자들이 나타나요. 친구를 경쟁자로 볼 수밖에, 그럴 수밖에 없다는 것이 안타깝지만 어쩔 수 없잖아요? 중학교 때하고는 달라요. 2등이나 3등을 하는 애들의 눈빛이 진짜 장난 아니에요. 칼을 품고 있는 것 같아서 두려워요. 꿈에 나타나는 아이들의 눈빛은 더 무서워요. 어쨌든 이번에도 반에서 1등 했어요. 전교 등수도 4계단 올라갔고요.

행복하세요, 샘! 힘들 땐 웃으세요.^^ 저처럼요.(씨익) 아 참, 그리고요. 비 많이 맞으면 몸에서 풀이 난다는 말…… 그럴듯해요. 진짜 그랬으면 좋겠어요.

해인아, 난 작가를 꿈꾼 적이 한 번도 없었단다. 앞에서도 말했다시피 내 꿈은 화가였어. 마을 뒷산에 올라가서 산과 들과 집들을 그리고, 풀꽃이나 곤충들 새 같은 자연 그림을 그리면서 놀았지. 아쉽게도 내가 가진 크레파스는 자투리를 모아놓은 것이라서 색깔이 부족했어. 내가 표현하고 싶은 걸 맘대로 드러낼 수는 없었지만 그래도 그림 그릴 때가 좋았지.

초등학교 5학년 땐가, 처음으로 교내 사생대회에 나가게 되었어. 내가 반 대표로 뽑힌 거야. 그런데 반 대표들이 모여 있는 구령대 앞에 나가보니 우리 반 대표로 다른 아이가 와 있었어. 난 따지지도 않고 포기하면서 돌아섰어. 대충 어떻게 해서 그런 일이 벌어졌는지 짐작할 수 있었거든. 그 아이의 부모님은 군청에 다니는 공무원이었지. 그때는 공무원이라면 대단한 힘을 가지고 있었어. 아이들도 다 알고 있었단다. 난 너무도 슬퍼서 크레파스를 강물에다 던지면서 다시는 그림을 그리지 않겠다고 울먹였지.

그러다가 우연히 파브르의 이야기를 그린 만화책을 보게 되었어. 난 그걸 보고 파브르가 나하고 비슷한 아이라는 걸 알았고, 나도 파브르처럼 곤충이나 식물을 연구하는 과학자가 되어야겠다고 생각했지. 난 또래들에 비해서 풀과 곤충에 대해서 관심이 많았고, 곤충채집이나 식물채집 하는 걸 좋아했어. 모르는 곤충을 보면 끝까지 따라가서 잡아다가 표본을 만들기도 했고, 신기한 풀꽃을 보면 파다가 마당가에 심었어. 난 어떻게 하면 과학자가 되는지도 몰랐어. 아무도 알려주는 사람이 없었으니까. 난 수학이랑 과학을 유독 싫어했어. 그게 치명적인 약점이었나 봐. 풀이랑 곤충들만 좋아하면 과학자가 될 수 있는 줄 알았는데, 과학자란 그런 건 몰라도 되지만 과학이라는 과목, 즉 물상이라는 과목을 하지 못하면 될 수 없다는 말을 들었거든. 중학교 과학 선생님이 내 물상 점수를 보고는 공개적으로 망신을 주었어.

"물상도 못하는 놈이 과학자! 아나, 과학자! 아나 과학자!"

결국 나는 과학자의 꿈도 버릴 수밖에 없었지.

중학교를 졸업할 무렵 고등학교에 진학하기 위해서 시험을 봐야 하는데, 아주 황당한 일이 벌어졌어. 나를 1년 동안 봐온 담임 선생님이 나를 잘 모르는 거야. 나는 성적도 상위권이었고, 한 번도 결석을 하거나 문제를 일으킨 적 없는 아이였어. 선생님은 내가 그렇게 공부를 잘하는 아이라는 사실을 몰랐고 "너는 얼굴도 시커멓고 그러니까 농고에 가서 농사나 지어라." 그렇게 말씀하시는데, 순간 받은 그 모멸감이란…… 그때 누군가를 죽이고 싶다는 생각, 그래 그런 생각을 처음 해봤어. 난 그냥 학교를 뛰쳐나와 하염없이 강가를 걸었어. 그리고 강물에다 마구 돌팔매질을 하면서 그 선생님을 욕했고, 만약 고등학교에 간다면 열심히 공부해서 선생님이 되겠다고 소리쳤어. 잘난 놈들 챙겨주는 선생님이 아니라 나처럼 눈에 잘 띄지 않는 아이들을 챙겨주는 그런 선생님, 꼭 그런 선생님이 되어 복수하겠다고 했었지. 그러나 고등학교에 진학하자마자 생겨난 난독증 때문에 난 공부에서 멀어졌고, 결국 그 꿈마저 놓아버리게 되었지.

꿈이란 그런 거더라. 끊임없이 변하더라. 그러니 어느 한 것에다 말뚝을 박아놓지 말고 모든 가능성을 열어놓고 살아라.

자살을 생각하고 고향 강가에 갔다가 초님이가 준 반지를 보고 마음을 고쳐먹었지만, 내 학교생활은 하루하루가 지옥이었어. 도무지 돌파구가 보이지 않았어. 나는 자포자기하면서 술이며 담배, 본드까지 다 했어. 진짜 죽고 싶더라. 그러다가 우연히 편지가 아닌 글, 그러니까 내 이야기를 소설로 써보았어. 그게 첨 쓴 소설이야. 원고지 쓰는 법도 모르고 그냥 썼는데, 써놓고 나니까 뭔가 뿌듯해지면서, 나도 뭔가 할 줄 안다는 성취감과 자신감이 생기면서 막 입에서 휘파람이 나왔어. 그때부터 미친 듯이 소설을 썼어. 책상에는 내가 쓴 원고지가 산더미처럼 쌓였어. 그걸 본 친구들 그 누구도 날 무시하지 못했어.

"어, 저놈이 책도 못 읽고 공부도 못하는 또라인 줄 알았더니 소설을 쓰네! 저놈은 뭔가 다르구나!"

친구들은 그렇게 나에 대한 평을 하였고, 은근히 자신들이 하지 못하는 것을 용감하게 하고 사는 나를 부러워하기도 하였고, 나만의 세계를 인정해주었어. 그제야 친구들을 봐도 조금 자신감이 생기고, 내가 살아 있다는 것을 느낄 수 있었지. 그래서 작가를 해야겠다고, 선생님 대신 작가 되어서 나 같은 아이들의 삶을 쓰겠다고 생각한 거지. 더구나 작가는 공부를 못해도 되거든. 그랬어. 그런 거야. 그건 내 인생에 있어서 최대 반전이야. 내가 작가가 되다니…… 지금도 믿어지지 않을 때가 있어. 허허허허!!

6

★ 첫눈에 반한 사람

보낸 사람 : 몽상가 13.08.05 01:11

선생님, 방학했어도 여전히 바빠요. 아니 전보다 더 바쁘게 생겼어요. 낮에는 학교 가야하고, 밤에는 학원에 가야해요. 1학기 때는 수학 학원만 갔는데, 엄마가 다른 과목까지 다 끊어줬어요. 방학 동안에 열심히 선행 학습 하라는 거죠 뭐. 이제 어쩔 수 없는 것 같아요. 1학기 때 보니까 우리 반 38명 중에서 제대로 선생님 말씀을 듣고 수업하는 아이는 글쎄요, 한 15명 정도? 그중에서 이미 선행 학습을 받고 복습하고 있는 아이들을 빼면 한 10명 정도. 반 정도는 잠자고 나머지 반 정도가 공부하려고 애쓴다고 봐야죠.

요즘 학교가 그래요. 그렇지만 공부하는 아이들은 진짜 뇌에다 단 1초도 방전되지 않는 배터리를 장착하고 있어요. 가끔씩 공부시간에 그 애들이랑 눈이 마주치는데 무서워요. 그 애들도 나를 보면 그렇게 느낄까요? 우리는 꼭 이렇게 해야만 할까요? 아직까지 저는 친구들하고 사이가 좋은 편이지만, 공부 잘하는 애들끼리 시기하는 게 장난 아니에요. 그래도 어쩌겠어요? 이렇게 해야만 살아남을 수 있으니까요. 이런 게 다 어른들이 만들어놓은 거잖아요? 이런 세상 바꾸고 싶어요. 그럴 수만 있다면……. 그래도 전 긍정적으로 생각해요. 항상 웃고 행복하려고 해요.

민수는 생각보다 잘 살아요. 알바를 두 개 하더라고요. 자세한 것은 몰라도 워낙 심지가 곧은 친구라서 이제 걱정 안 하려고요. 민수가 사는 원룸에 가봤어요. 햇살도 잘 드는 원룸인데 월 30만 원이래요. 저는 아직까지 혼자 산다는 생각을 해본 적이 없었어요. 민수는 대단해요. 하루에 2시간씩 영어랑 독일어 공부도 한대요. 민수는 독일로 유학 갈 거래요. 철학을 하려면 독일에서 공부를 해야 한다고 하면서요. 암튼 민수가 해주는 카레밥 잘 먹고 왔어요.

샘, 전에도 제가 버킷리스트를 작성하고 있다고 했죠. 오늘은 우연히 그 리스트를 보다가 깜짝 놀라고야 말았어요. 제가 두 번째로 적어놓은 게 뭔 줄 아세요? 샘…… 예에, 그건…… 첫사랑이었어요. 그것도 첫눈에 반한 사람이 있었으면 좋겠다. 그런 사람이랑 첫사랑을 하고 싶다. 스무 살 이전에 그런 첫사랑을 하고 싶다. 그렇게 적혀 있더라고요. 분명 제가 적어놓은 것인데도, 내가 언제 이런 생각을 했지 하고 깜짝 놀라고야 말았답니다. 왜냐고요? 샘, 실은요, 실은, 저 민수 말고요 진짜 좋아하는 사람이 생겨버렸어요.(물론 이건 저 혼자만의 감정이랍니다) 이 말은 담에 하려고 했는데……. 버킷리스트에 적어놓은 것처럼, 첫눈에 반해버린 사람이 생겨버렸어요.

모르겠어요. 저를요. 이런 기분이 처음이라서요. 며칠 전에 중학교 때 친구인 유미를 만났는데 자기 사촌오빠랑 같이 나와서 같이 저녁 먹고 놀았어요. 같은 학원에 다니더라고요. 이름이 시경이에요. 저보다 한 살 많아요. 미국에서 살다가 작년에 왔대요. 민수보다 키도 작고, 잘생긴 것도 아니에요. 그냥 평범한 외모인데 민수하고 달리 옷차림이 근사해요. 스타일이 근사하다는 거죠. 전 그런 남자가 좋거든요. 못생겨도 좋으니까 옷 잘 입는 남자요. 화려하게 치장하는 게 아니고 자기 자신의 장점을 잘 살려서 그런 스타일로 자신을 잘 꾸미고 다니는 사람. 그게 바로 시경오빠예요. 저 말이죠, 저…… 제가 이런 말을 선생님께 할 줄은 몰랐지만…… 샘은 첫눈에 반한다는 말에 대해서 어떻게 생각하세요? 그냥 첫눈이요.

그런 게 가능할까요? 그것도 이성적인 판단이라고 할 수 있을까요? 아님, 그냥 꿈같은 것일까요?

정말 감사합니다. 샘이 안 계셨으면 오늘밤에 잠을 잘 수 없었을 것 같아요. 이렇게 이야기하고 나니까 가슴이 조금 편해지네요.

★ 그건 행복한 마법에 빠져드는 거야
보낸 사람 : 마법사 13.08.09 13:07

아, 첫눈에 반해버린다는 것은…… 해인아, 그건 행복한 마법에 빠져드는 거야. 난 그렇게 생각해. 나도 그런 적이 있거든.

고등학교 2학년이 되었지만 나는 여전히 학교에 적응하지 못하고 있었어. 학교에서 파김치가 되어 자취방에 들어오면 그대로 쓰러져서 잠이 들 때가 많았어. 그때마다 꿈속에서 초님이가 나타났어. 안타깝게도 꿈에 나온 초님이는 나를 도와주지 못했어. 늘 슬퍼 보였고, 내가 무슨 말을 하려고 하면 미안하다고 등을 돌리고 어디론가 사라져버렸어. 그런 꿈을 꾸고 나면 더욱 맥이 빠지고 초님이가 그리워졌어. 나는 초님이한테 수많은 편지를 썼지만 한 통도 부칠 수가 없었어. 어머니도 초님이하고 연락이 끊어졌다고 했고, 그 누구도 초님이에 대한 소식을 알지 못했어. 그때만큼 초님이를 그리워했던 적도 없었지. 만약 초님이만 있었다면 그렇게 힘들지는 않았을 거야. 아니 그곳이 대도시가 아니라 고향집이었다면…… 우리 집 암소를 비롯하여 뒤란의 동백나무 혹은 마을 앞 느티나무에게라도 속마음을 털어놓으면서 버틸 수 있었을 텐데. 안타깝게도 자취방에는 묵은 연탄 냄새와 바퀴벌레들이 기어다닐 뿐 내 속마음을 들어주고 위로해줄 그 무엇도 존재하지 않았어. 그래서 더욱 힘들었던 거야. 난 누군가에게 내 속을 털어놓고 위로받고 싶었거든. 물론 몇몇 학교 친구들이 있었지만 그 정도로 가까운 사이는 아니었어.

그러던 어느 날, 나는 고향집에 갔다가 동백나무 꽃을 한 아름 꺾어들고 시외버스에 올랐어. 그걸 자취방 내 책상에다 꽂아놓고 싶었어. 그리고 그 꽃들에게 말하고 싶었어. 사람들은 남자인 내가 꽃송이를 안고 있는 것이 특별하게 보였던 모양이야. 남학생들은 이렇게 수군거렸어.

"저 새끼 생긴 건 머슴 같은데, 성격은 가시내 같네."

"에이, 재수 없어."

"한마디로 꼴값 떨고 있네."

또 여학생들은 "참 섬세하게 생겼다." "꽃 좋아하는 남자들은 자상하다고 하던데……." 그렇게 주고받았어. 낯가림이 심했던 나는 어서 버스가 터미널에 도착하기만을 바라면서 눈을 감아버렸어. 그러다가 우연히 눈을 떴을 때 건너편 좌석에 앉아 있던 여학생이 눈에 들어왔어. 위아래 까만색 옷을 입고 있는 작은 여학생이었어. 순간적으로 눈이 마주쳤는데, 숨이 막힐 정도로 예뻐 보였어. 나중에 우리 반 친구들이 그런 말을 하더군.

"쟤가 뭐가 예쁘다고 첫눈에 뻑 가냐? 그냥 평범하구먼."

"진짜 그러네. 키가 크냐? 몸매가 좋냐? 얼굴이 예쁘냐?"

난 그럴 수도 있다고 생각했어. 어차피 누군가를 좋아하는 건 주관적인 것이니까. 아무튼 난 그 애한테 첫눈에 뿅 가버렸어. 그런 일이 처음이라 무척 당황했지. 내가 첫인상만 보고도 정신을 잃을 정도로 좋아할 수 있다는 사실에, 그 여자의 성격이 어떤지, 가치관이 뭔지…… 그런 자질구레한 것들을 물어보지도 않고, 그냥 첫인상만으로도 푹 빠져버릴 수 있다는 사실 앞에서 충격을 먹었어. 어질어질 내 몸을 감당할 수 없었어.

나는 터미널에서 내리자마자 그녀를 따라갔어. 시내버스를 타고 그녀가 내리는 곳에서 따라 내렸지. 그녀는 내가 따라가는 것을 알면서도 뒤돌아보지 않았어. 그러더니 어느 한적한 공원으로 들어가서 나무의자에 앉더라고. 나는 멈칫하다가 거기서 돌아서면 후회할 것 같아서 용기를 내어 다가갔지. 나는 하고 싶었던 말은 할 수가 없었고, 간신히 "이 꽃을 주고 싶었어요" 하고 동백꽃 다발을 내밀었지. 그녀가 꽃다발을 받았어. 그와 동시에 나는 돌아섰는데 "어느 학교 다녀?" 하고 그녀가 소리쳤어. 나는 돌아서서 간신히 대답했지만 반말을 하지 못했어. 그녀가 내 옆에 와서 "고마워. 난 윤희라고 해. 우리 친구하자" 하면서 웃더라고. 왼쪽 덧니가 드러났어. 더욱 예뻐 보였지.

그날 밤 집에 와서 얼마나 행복했는지 몰라. 윤희는 상고에 다니고 있었어. 나는 윤희한테 내 감정을 숨기지 않고 고백했어. 하지만 내가 학교에서 책을 읽지 못한다는 말은, 성적이 반에서 50등 정도 한다는 말은 하지 못했어. 다행히도 윤희는 학교 이야기하는 걸 싫어했고, 어서 나이가 들어서 할머니가 되고 싶다는 말을 종종 하였어. 윤희는 의붓아버지 밑에서 자랐고, 5남매가 다 배다른 형제라고 했어. 윤희는 어서 부모님 그늘에서 벗어나 독립하고 싶어 했어. 그런 말을 할 때마다 윤희는 나하고는 차원이 다른 세상에 사는 사람 같았어. 깊어 보였고, 때론 나이 들어 보였고, 내가 알 수 없는 슬픔을 지닌 것 같았어. 난 그런 윤희가 좋았어. 윤희의 모든 것을 좋아했고…… 무조건, 절대적으로 좋았어. 그냥 바라다 보고만 있어도 좋았고, 생각만 해도 좋았어. 만약 윤희를 위해서 목숨을 바쳐야 할 일이 생긴다면 진짜 농담이 아니라 주저

없이 내 몸을 던졌을 거야. 그런 거더라고. 그냥 아침에 눈뜨면 눈앞에 햇무리처럼 떠오르고 잠잘 때 달빛처럼 가슴속으로 스며들고…… 참으로 행복했던 시절이야.

윤희의 눈빛은 늘 어딘가 먼 곳을 쳐다보는 것 같았지만, 내 모든 이야기를 다 들어주었어. 난 그걸로 족했어. 남자들은 날 이상한 놈이라고 몰아세웠어.

"너 혹시 고자냐?"

"야, 걔 나한테 넘겨라."

어떤 친구는 나한테 성 정체성이 있냐고 묻기도 했어. 나는 그들한테 애인이 아닌 이성 친구가 얼마나 좋은지 설명해주고 싶었어. 하지만 아무도 내 이야기를 들으려고 하지 않았고, "병신 새끼!" "남녀 간에 친구가 어딨냐, 병신아!" 하고 비아냥거리는 소리만 돌아왔지. 나는 윤희에게 작가가 되고 싶다고 했고, 그녀가 인정해주었어. 나는 글을 써서 윤희에게 주었어. 윤희는 나의 충실한 독자였지.

그해 여름 윤희의 생일날이었어. 생일날 윤희는 내 장미꽃 선물을 받자마자 고맙다고 나를 덥석 끌어안았어.

"시우야, 넌 진짜 남녀 간에 친구가 존재할 거라고 생각하니?"

윤희는 이렇게 물었어. 난 당연히 그렇다고 대답했지. 윤희는 고개를 흔들면서 "시우야, 난 널 진짜 사랑하고 싶어. 여자 대 남자로 사랑하고 싶어" 하고 말하면서 키스를 하려고 했어. 난 윤희의 키스를 받아낼 수가 없었어. 그 뒤로도 몇 번이나 윤희는 그런 말을 했고, 친구를 넘어 애인으로 대해 달라고 하였어. 윤희는 내 자취방에서 여러 번 잠을 자고 갔어. 그때마다 나는 윤희의 눈빛이 부담스러웠어. 실은 나도 윤희를 안고 싶었어. 키스도 하고, 섹스도 하고…… 그런 본능적인 것들을 미치도록 하고 싶었어. 근데 그러고 나면 윤희를 잃어버릴까 봐, 내가 생각할 수 없는 일들이 벌어질까 봐, 적당히 거리를 두려고 했던 것이지. 난 윤희랑 오래오래 만나고 싶었어. 그래서 나중에 결혼하면 좋고, 아니어도 상관없다고 생각했어. 그런 생각도 했어. 훗날 내가 다른 여자랑 결혼해서도 친구로 만날 수 있었으면 좋겠다고…… 어쩌면 내 생각은 모순투성이였는지 몰라. 어쩌면 윤희 말처럼 그건 이상적인 생각이었는지도 몰라. 결국 그해 겨울 윤희는 헤어지자고 하였어. 윤희는 나를 만나면서 너무 힘들었다고 하였어. 늘 적당한 거리를 두고, 경계를 두고 살아가는 게 힘들었다고.

"나이가 어리면 어때? 몸과 마음이 가는 대로, 원하는 대로 다 하고 살고 싶어. 그러다가 임신하면 낳아버리면 되지. 그까짓 게 별거야. 난 그렇게 내 모든 걸 걸고 누군가를 사랑하고 싶었는데……."

윤희는 이렇게 말하고 돌아섰어. 윤희를 보내고 많이 힘들었어. 윤희가 원하는 대로 다 해줄 걸 하는 후회도 해봤고, 결혼할 때까지 다른 여자를 사귈 수가 없었어.

해인아, 나도 그런 적이 있단다. 그런데 말이야, 지금도 윤희를 생각하면 가슴이 두근거린단다. 몇 년 전에 우연히 그 앨 봤는데,(놀랍게도 내가 잘 아는 선배의 친구하고 결혼을 했더라고) 상상할 수 없을 정도로 살이 쪄서 몰라보겠더라고. 그래도 내 기억 속에서는 까만 옷을 입고 있는 그 작은 소녀만이 자리 잡고 있어. 그 기억만큼은 영원히 잊고 싶지 않아. 이렇게 그 애를 생각하면서 두근거리는 것도 좋더라. ㅎㅎㅎ

7

★ 그냥 친구 vs 사귀는 친구 vs 애인?

보낸 사람 : 몽상가 13.08.18 02:20

선생님도 그런 경험이 있군요. 우리 엄마 아빠한테 물어봤더니, 두 분 다 첫눈에 반할 수는 있지만 그건 환상이라 금방 깨진다고 하시더라고요. 실제로 어느 결혼정보회사가 설문조사한 걸 보니, 첫눈에 반해서 결혼까지 가는 경우는 3%도 안 되더라고요. 거의 없다는 거죠. 근데 그런 게 중요한 건 아니잖아요? 제가 좋아하는 사람이 생겼다는 사실이 중요한 거잖아요? 우린 아직 어리기 때문에 결혼을 전제로 만나는 것도 아니고요. 전 그렇게 생각해요. 그래도 약간 혼란스럽기는 해요. 사실 친구와 애인이 어떻게 다른지도 우리 나이에서는 애매해요. 흔히 이렇게 말하죠. 친구란 그냥 같은 반 동료 같은 개념이죠. 아무런 이해관계 없이 만나는 관계요. 근데 똑같은 친구라고 해도 "우리 사귀자!" 하고 만나면 달라져요. 그때부터는 서로에게 관심을 갖고, 서로의 생일, 서로의 가치관 그런 모든 것들을 조율하면서 살아가는 거죠. 거기서 한 발 더 나아가 애인이라고 하면…… 아, 뭔가 많이 부담스러울 것 같기도 하고, 더 좋을 것 같기도 하고요.

샘, 사실 저 요새 엄청 혼란스러웠어요. 민수하고는 달리 시경 오빠가 자꾸만 생각이 나는 거예요. 꿈에도 나왔어요. 비록 첫눈에 반하기는 했지만 그렇다고 해도 상대가 절 어떻게 생각할지 몰라 감히 사귀겠다는 생각을 하지 못했는데, 오빠가 먼저 "우리 사귀자! 난 널 첨 봤을 때부터 이상하게 끌리더라" 하고 말하니까, 저도 모르게 마음이 움직이고야 말았어요. 샘, 저 괜찮은 거죠? 잘못한 거 아니죠? 겁이 나기도 하지만 제 판단과 선택을 후회하지는 않아요. 민수한테도 말했어요. 아무래도 그래야 할 것 같았어요.

"축하한다! 잘해봐라!"

민수는 쿨하게 말했어요. 뜻밖이었어요. 내가 민수였다면 뭐라고 말했을까? 그런 생각도 잠시 해봤어요. 시경 오빠한테도 민수 이야기를 했어요.

"걔 만나지 마. 항상 나만 생각해. 꿈속에서도 나만 생각하고, 걸

어갈 때도, 공부하다가 힘들 때도…… 나도 그럴게. 난 그게 좋아. 죽도록 사랑하다가 죽어버려도 좋아. 난 그렇게 널 사랑하고 싶어."

어떻게 해야 할지 모르겠어요. 저는 민수랑 지금처럼 지내고 싶은데……. 제 학원 친구들 중에서 시경 오빠를 아는 애들이 있는데, 다들 시경 오빠를 좋게 말하지 않아요. 바람둥이라는 둥, 그러니까 사귀지 말래요. 어떤 친구는 만약 시경 오빠랑 사귀면 절교하겠다고 하기도 했어요. 근데 전 모르겠어요. 시경 오빠가 좋으면서도 불안하기도 하고…… 분명한 것은 제가 시경 오빠를 무지무지 좋아한다는 거예요. 그건 누가 아무리 뭐라고 해도 달라질 수가 없는 거예요. 지금 현재로서는 절대적인 거라고 말할 수 있어요. 그만큼 시경 오빠가 좋아요.

샘, 하루에 한 번씩은 산에 올라가신다고 했죠? 저도 산에 올라가고 싶네요. 가장 높은 곳에 올라가서 제가 좋아하는 사람의 이름을 소리쳐 부르고 싶네요. 그럼 메아리는 뭐라고 대답할까요? 안녕히 계세요.

★ 핸드폰, 핸드폰, 핸드폰……

보낸 사람 : 몽상가 13.09.07 01:10

선생님, 학교 끝나고 학원 갔다가 오니까 11시예요. 허기져서 만두 좀 먹고 누워 있다가 시경 오빠랑 문자 몇 통 주고 받았어요. 오늘도 시경 오빠가 만나자고 했거든요. 시경 오빠는 하루라도 절 보지 않으면 잠이 오지 않는대요. 저도 시경 오빠가 무지무지 좋지만, 그렇게 자주 연락은 하지 않아요. 그게 제 성격인가 봐요. 시경 오빠는 제가 좋아하는 걸 다 해주고 싶대요. 그러면서 왜 연락을 자주 하지 않느냐고 했어요. 전 학교나 학원에서는 핸드폰을 하지 않거든요. 쉬는 시간에도 하지 않아요. 그렇게 저하고 약속했어요. 핸드폰을 붙들고 있는 시간이 점점 늘어나고, 그걸 제가 통제할 수 없더라고요. 진짜 이러다가는 핸드폰의 노예가 되겠구나, 그런 생각을 한 뒤로요. 그러니 시경 오빠가 서운해 하고 화낼 수밖에 없죠. 그걸 시경 오빠한테 이해해달라고 했더니, 이해하지 않겠대요. 쉬는 시간에는 핸드폰을 열어놓으라고요. 그래야 보고 싶을 때 보고 싶다고 말을 전할 수 있지 않느냐고 하면서요. 오늘은 그런 이야기를 하고 있었어요.

그럴 때 엄마가 들어왔어요. 아마 저를 몇 번이나 불렀나 봐요. 당연히 제가 못 들었죠. 엄마는 화가 나셨고, 이불을 걷어 젖히면서 제 핸드폰을 뺏더니 침대에다 던졌어요.

"넌 그렇게 말해도 못 알아듣니? 핸드폰 좀 멀리하라고 했잖아! 너 집에만 오면 핸드폰을 손에서 놓지 않는 거 알아? 이거 병이야. 너 이 병 못 고치면 좋은 대학 못 가……."

한번 시동이 걸린 엄마의 잔소리는 한 시간이 넘도록 방전되지 않았어요. 귀를 막고 싶었어요. 저도 할 말이 있잖아요. 그나마 집에 와서 핸드폰이라도 해야 살 것 같은데 말이죠. 하루 종일 참았다가 이제 모든 것 다 내려놓고 핸드폰이라도 마음껏 하고 싶은데 말이죠. 미치겠어요.

샘, 저를 더 힘들게 하는 게 뭔지 아세요? 누구랑 비교하는 거요. 어른들은 왜 그러죠? 전 누군가랑 비교당하는 게 가장 싫어요. 근데 엄마가 이웃집 언니하고 저를 맹렬하게 비교했어요. 그 언니는 과학고 나와서 서울대 갔고, 올해 조기 졸업하여 지금은 미국 갔어요. 그 언니는 대학갈 때까지 핸드폰이 없었대요. 아, 미치죠. 엄마가 그 이야기를 세 번 네 번 되풀이하더라고요. 저 나름대로 핸드폰 하는 시간 조절하려고 애를 쓰는데, 진짜 엄마가 밉더라고요. 그 언니도 밉고요. 저는 그 언니를 딱 한 번 봤는데, 별로 정이 가지 않았어요. 솔직히 전 그렇게 독하게 살고 싶지는 않아요.

샘, 진짜 어른들을 이해할 수 없어요. 중요한 건요, 그렇게 누군가랑 비교당할 때마다 열심히 하고 싶다는 생각이 정 떨어지듯이 뚝뚝뚝 떨어진다는 거예요. 그러니 그건 효과가 하나도 없는 거라고요. 어른들도 누군가랑 비교당한다면 진짜 비참해지겠죠.

"엄마, 내 친구 한솔이 엄마는 아들 셋에다 딸 하나를 키워. 그것도 혼자서. 파출부 하나 안 쓰고 다 밥 해먹이고, 또 회사 나가서 월 500만 원씩 벌어오고. 자식들에게도 잔소리 하나 안 하고, 그냥 건강하게만 커라. 하고 싶은 거 해라. 직업만족도가 가장 높은 게 뭔지 잘 봐라. 그게 중요하다 하시는데, 엄마는……."

그렇게 비교한다면 엄마는 뭐라고 하실까요?

샘, 늘 감사해요. 이런 말은 시경 오빠나 민수한테도 말 못해요. 샘은 저한테는 일기장 같은 분이에요. 이렇게 털어놓고 나면 마음이 편해져요. 아 참 민수 이야기는 못했어요. 시경 오빠가 하도 싫어해서 요즘은 만나지 않아요. 가끔 문자만 해요. 이 정도는 괜찮은 것 같아요. 문자까지 보내지 말라고 할 수는 없잖아요? 민수는 다음 주 일주일간 혼자 지리산 다녀온대요. 샘, 엄마가 들어오는 것 같아서(급하게)…… 안녕히 계셔요.

★ 라디오, 텔레비전, 컴퓨터, 핸드폰?

보낸 사람 : 마법사 13.09.26 10:51

내가 전라도로 이사 갔을 때, 그 마을에는 텔레비전이 한 대도 없었어. 라디오만 몇 대 있었지. 그중 하나가 초님이가 들고 다니는 라디오였어. 마을 아주머니들은 밤만 되면 초님이네 집으로 모여서 라디오에서 흘러나오는 연속극을 숨죽이면서 들었어. 그러다가 내가 4학년 때쯤 전기가 들어오자 텔레비전이 몇 대 생겼어. 아주머니들의 밤마을 가는 방향도 초님이네 집이 아니라 텔레비전이 있는 집으로 달라졌어. 그땐 참 대단했지. 텔레비전 있는 집은 밤마다 마실 온 어른 아이들로 앉을 자리가 없을 정도였어. 여름에는 아예 마루에다 텔레비전을 내놓고 마당에다 멍석을 깔고 앉아서 보았어. 그렇게 모두가 텔레비전에 푹 빠져버렸지만 초님이는 라디오를 놓지 않았어. 유일하게 텔레비전 연속극을 보지 않는 사람이 초님이었을 거야. 나도 텔레비전을 별로 좋아하지 않았어. 프로 레슬링이나 프로 권투 같은 스포츠 중계를 할 때만 텔레비전을 보았을 뿐이야. 나는 초님이랑 같이 라디오 연속극을 들을 때가 더 좋았고, 라디오에서 흘러나오는 노래들이 더 좋았어. 나는 태어나서 처음으로 6학년 때 어린이날 선물을 받았는데, 그게 바로 트랜지스터라디오야. 그래, 초님이가 사준 거야.

그 라디오는 내 분신이나 다름없었어. 난 말이야, 학교 갈 때도 라디오를 가지고 갔어. 물론 공부시간에 듣지는 않았지만 오고 갈 때 들었고, 집에 와서 소꼴을 베거나 어른들이랑 일을 할 때도 들고 다녔어. 라디오를 핸드폰처럼 호주머니에다 넣고 리시버를 연결하여 귀에다 꽂으면, 라디오와 나는 하나의 세상이 되었지. 심지어 모를 심을 때도 리시버를 귀에 꽂고 했어. 라디오를 들으면서 일을 하면 힘들다는 생각이 들지 않아. 그런 나를 어머니가 이해해줄 리 없었지.

"일을 할 때는 집중해서 해야지, 라디오 들으면서 건성건성 하면 안 된다. 어서 라디오 끄고 일해라!"

그런 잔소리가 끊임없이 날아왔어. 그러면 나는 라디오를 끄는 척하다 다시 슬그머니 틀어서 들었어. 당연히 공부할 때도 라디오를 들었지. 아니 라디오를 듣지 않고서는 공부가 되지 않았어. 그런 나를 어머니가 이해할 수 있었겠니?

날이 갈수록 어머니의 잔소리는 늘어만 갔어. 그리고 마을에서 가장 공부를 잘하는 아래아랫집에 사는 성빈이 형하고 나를 비교하기 시작했어.

"너 그 요물 같은 라디오 어디서 났냐? 그것 당장 치워라. 너 라디오 끊기 전에는 공부는 다 글렀다. 성빈이는 지그 집에 텔레비전 있어도 근처에도 안 간단다. 그렇게 그렇게 공부를 잘하는 거여. 아니, 어떻게 생겨먹은 놈이 눈만 떴다 하면 라디오를 끼고 사니…… 라디오에서 나오는 연속극이 니가 들을 만한 이야기냐 이말이여? 그건 어른들 사랑이야기지, 너하고는 전혀 상관없는 이야기들이여. 그런 이야기가 뭣이 재밌다고 그렇게 정성으로 듣냐 이말이여."

나도 내 방식대로 이해해달라고 말을 하기도 하였어.

"엄마, 저는 괜찮아요. 라디오 소리가 난다고 해서 다 듣는 게 아니에요. 라디오 소리는 그냥 음악이나 바람소리 같은 거예요. 꼭 필요한 소리만 귀에 들려요. 라디오에서 나오는 소리를 다 듣는 게 아니라니까요! 저는 라디오를 들어야 공부가 잘 돼요."

그때마다 어머니가 "무슨 귀신 씨나락 까먹는 소리를 하냐!" 하고 헛웃음을 쳤지.

"라디오를 들어야 공부가 잘 된다는 사람은 세상에 너밖에 없을 것이다. 아나 개한테 물어봐라, 이놈아! 다 거짓말이라고 할 것이다. 라디오 소리는 시끄러운데 그걸 들어야 공부가 잘 된다고 하니, 말도 안 되는 소리지요, 하고 웃을 것이다, 이놈아! 어서 안 끌래!"

난 그래도 라디오를 포기하지 않았어. 그러다가 중학교 2학년 봄날이었는데, 아침에 눈을 떠보니 라디오가 없더라고. 어머니가 감춰버린 거야. 나는 그날 읍내에 가서 중고 트랜지스터라디오를 사왔어. 그런 다음 어머니 몰래 들었지. 절대 라디오를 포기할 수는 없었어.

해인아, 이상한 것은 말이야…… 내가 고향을 떠나 광주로 유학을 갔을 때는 더 이상 라디오 소리가 귀에 들어오지 않는 거야. 왜 그랬는지 모르겠어. 내가 난독증 때문에 지독하게도 힘겨운 학교생활을 하고 있을 때, 자취방에만 오면 라디오를 들으면서 마음을 달래려고 했지만 그게 되지 않았어. 오죽했으면 어머니가 "어쩐 일이냐? 라디오 없이는 못살 것 같더니만……" 하고 고개를 갸우뚱하시더라고. 내가 성적도 추락하고 학교생활에 적응하지 못한다는 걸 알고는 일부러 "시우야, 라디오라도 들어봐라. 니 말처럼 노래도 듣고, 그러다 보면 마음이 더 차분해질지도 모르는 것이여" 하고 권했을 정도야. 나도 어머니 말을 듣고 라디오를 가까이하려고 했지만 아무것도 귀에 들어오지 않았어. 근데 내가 공부를 포기하고 날마다 소설만 쓰기 시작하자 다시 라디오 소리가 귀에 들어오는 거야. 그때부터 나는 다시 라디오를 벗 삼아서 살았어. 소설을 쓸 때도 라디오를 들으면서 쓰고, 잠잘 때도 라디오를 들었고, 수업시간에도 라디오를 듣다가 선생님에게 걸려서 죽도록 맞기도 했어. 그래도 라디오를 멀리하지는 않았어.

해인아, 라디오든 텔레비전이든 핸드폰이든 컴퓨터든 다 인간이 만든 거야. 세상에서 가장 머리 좋은 사람들이 수십 수백 년간 머리 써서 만든 거야. 어떻게 하면 보다 많은 사람들에게 들려줄까? 어떻게 하면 보다 많은 사람들이 보게 할까? 그런 생각으로 만들었으니 수많은 사람들이 좋아하는 건 당연해. 새로운 문명에 민감한 아이들이 더 빠르게 반응하는 것도 당연해. 내가 아이였을 때 라디오나 텔레비전을 좋아하는 것이나 요즘 아이들이 컴퓨터나 핸드폰을 좋아하는 것이나 다 똑같은 거야. 지극히 정상이야. 오히려 그걸 멀리하는 아이들이 비정상인 것이지. 난 걱정 안 해. 뭐가 문제야? 스스로 조절한다는데……. 그럼 아이를 믿어야 하지 않니? 난 그렇게 생각해.

8

★ 처음 술을 마셨어요

보낸 사람 : 몽상가 13.10.30 03:11

선생님, 저 해인이에요. 비를 맞았어요. 감기에 걸린다고 해도, 산성비가 제 머리털을 다 뽑아버린다고 해도 오늘만큼은 비를 맞고 싶었어요. 지금은 새벽 3시가 넘었어요. 집에 들어오지 않으려고 했어요. 근데 어디 있을 곳도 없고요. 이 이후에 벌어질 일들이 너무 끔찍해서 제가 손을 들고야 말았어요. 다행히도 엄마 아빠가 더 이상 꾸짖지 않네요. 동생이 그러는데 제가 집을 뛰쳐나간 뒤로 엄마 아빠가 큰 소리로 싸웠대요. 샘, 저 오늘 정말 아슬아슬했어요. 제가 이런 행동을 하게 될 줄은 몰랐어요. 저도 절 어찌할 수가 없었어요.

2학기 중간고사 성적이 나왔어요. 학생들에게는 가장 끔찍한 날이죠. 공부 잘하는 애나 못하는 애나 다 마찬가지죠. 잘하면 잘한 대로 그 끝이 없잖아요? 반에서 1등 하면 전교 1등을 해야 하고, 전교 1등이면 전국으로 눈을 돌려야 하고요. 그냥 '적당히'라는 건 없어요. 적당히 공부 잘하면서, 또한 지금 나이에 맞게 다른 학생들처럼 할 것 다 하고 살 수는 없어요. 그런 거죠. 이번에도 저는 반에서 1등을 했어요. 그 정도면 잘한 거죠. 저도 잘했다고 제 자신을 칭찬하고 싶어요. 솔직히 많이 불안했거든요. 우리 반 애들, 제 뒤에 있는 애들, 진짜 장난 아니에요. 전 요즘 그런 생각을 해요. 과연 언제까지 내가 쟤들보다 앞에 있을까? 마라톤 할 때 뒤에서 달리는 선수보다 앞에서 달리는 선수가 더 불안하고 일찍 지친다고 하잖아요? 그래서 페이스메이커를 둔다고 하잖아요? 저도 누군가 페이스메이커가 있었으면, 그렇다면 얼마나 좋을까요? 요즘 들어 그런 생각을 자주 해요. 그만큼 제가 불안해하고 있다는 뜻이죠.

엄마는 그런 저를 이해해주지 않아요. 반에서 1등 한 건 쳐다보지도 않고, 전교 석차가 떨어진 것만 문제 삼더라고요. 잔소리, 잔소리, 잔소리…… 누구, 누구, 누구…… 나보다 더 잘난 이들하고 비교하는 것…… 또 교회를 옮겨볼까 어쩔까…… 기도, 기도,

기도…… 지겨워요. 근데 공부를 못하는 제 동생한테는 이만큼 잔소리 안 해요. 포기한 거죠. 저요, 오늘 처음으로 동생한테 부럽다고 했어요. 그리고 "너하고 언니하고 바뀌었으면 좋겠다!"고 했더니 동생이 미쳤다고 하더라고요.

샘, 엄마가 시경 오빠랑 사귄다는 걸 알아버렸어요. 그것도 가장 비겁한 방법으로요. 제가 잠들었을 때, 몰래 제 핸드폰을 가져다가 밤새도록 궁리해서 비밀번호를 풀어버렸고, 시경 오빠한테 온 문자를 몽땅 훔쳐봤으니…… 아침에는 아무런 말이 없더니, 밤에 학원에서 돌아오자 절 붙잡고는 "해인아, 그랬구나. 그래서 니 성적이 떨어지고 있었구나!" 그러고는 시경 오빠 이야기를 하더라고요. 저 돌아버리는 줄 알았어요. 엄만 제 말은 한마디도 안 듣고 계속 자기 이야기만 하였어요. 인생을 다 안다는 그 특유의 표정으로 "다 안다 알아. 하지만 지금은 아니야. 엄마 말 들어. 다 널 위해서야." 그런 식이었어요. 그래서 뛰쳐나갈 수밖에 없었어요. 엄마하고는 한마디 말도 통하지 않았거든요. 엄마는 무조건 헤어지래요. 이게 무슨…… 아, 열라!

시경 오빠가 그랬어요. 이건 어른들 폭력이래요. 그러면서 그냥 하고 싶은 대로 하래요. 안 그러면 점점 더 구속당한다고요. 시경 오빠가 술 사줬어요. 저 술 마셨어요. 아주 많이요. 취했지만 시경 오빠 앞에서는 그런 티 내지 않았고요. 근데 왜 민수한테 가서 술

취한 척했을까요? 민수가 편했나 봐요. 이상해요. 민수는 그냥 친구일 뿐인데 개 앞에서는 흐트러진 모습을 보여도 아무렇지 않은지, 말을 함부로 해도 아무렇지 않은지…… 민수는 저한테 "니가 엄마를 이해해야 돼" 하고 말했어요.

"넌 맘대로 하면서, 넌 집까지 나왔으면 왜 그러니?"

그랬더니 집 나와 보니까, 그래도 부모님에게 미안해지고 그런다고요.

샘…… 그래도 웃으면서 인사할게요.^^ 씨익, 안녕히 계세요.

★ 처음 마신 따뜻한 술
보낸 사람 : 마법사 13.11.09 14:00

중학교 마지막 겨울방학이었어. 당시 나는 광주에 있는 인문계 고등학교에 진학이 확정된 상태라서 나름대로 그 준비를 하고 있었어. 그날도 광주에서 고등학교 다니는 아랫마을 선배를 만나고 돌아왔지. 그날따라 골목에는 개 한 마리 얼쩡거리지 않을 정도로 많은 눈이 내리고 있었어. 내가 방에 들어가자 어머니가 들어왔어.

"너 이놈, 어딜 그렇게 싸돌아 다니냐? 이제 고등학교 가야 하니까 집에서 착실하게 공부를 해야지, 왜 밤만 되면 여기저기 싸돌아다니면서 술 처먹고 그러냐? 니가 지금 그럴 때냐? 정신 똑바로 차려도 도시 애기들과 해볼 등 말 둥 할 텐데, 너 날마다 술 처먹고 다닌다고 동네방네 소문이 자자하더라."

그 말을 듣는 순간 정신이 홱 돌아버렸어. 난 그때까지 한 번도 술을 마시지 않았거든.

"누가 그래요? 대체 누가 그랬냐고요?"

내가 하도 험악하게 소리치면서 대들자 어머니가 주춤하면서 아무개 할매가 그랬다는 거야. 난 어이가 없었어. 그 할매는 당시 여든이 넘었는데 평소 나하고 마주친 적이 거의 없었거든. 나는 화가 머리끝까지 나서 "씨이…… 할망구 가만두지 않겠어!" 하고 차마 입에 담을 수 없는 쌍욕을 뱉어내면서 마당으로 뛰쳐나갔어.

마당에는 눈이 가득 차 있었고, 그 위로 찬바람이 스르륵스르륵 휘날리는데, 겁도 없이 맨발로 뛰쳐나갔어. 어머니가 당황해서 쫓아 나왔지만 성난 망아지 같은 나를 말릴 수 없었어. 난 그 할매네 마당으로 바람처럼 달려간 다음, "할매 나와 보세요! 내가 언제 술 처먹고 돌아다녔어요? 내가 언제 술 처먹고 돌아다녔냐고요!" 버럭버럭 소리를 질러댔지. 그 집 식구들이 놀라서 뛰쳐나왔어. 그 할매의 큰아들인 망주골 양반이 마루 끝에서 날 내려다보고 있었어. 그분은 나보다 큰 자식이 둘이나 있었고, 가끔씩 마을에 들어온 도둑을 혼자 잡을 정도로 강단이 있는 어른이었어. 그분하고 눈이 마주치는 순간 나도 모르게 주춤했지. 자칫하면 여기서 맞아 죽을지도 모른다는 생각이 스쳤어. 그러자 에라 모르겠다 될 대로 되라 하고 자포자기하게 되더라고.

난 더 크게 소리치면서 그 할매를 불러댔어. 그러자 그 할매가 나오면서 "아가, 알았응께 진정해라. 이 할매가 잘못 들었능갑다. 이 할매가 노망들었능갑다. 쩌 아랫마을 호랑할매가 어찌고 저찌고 하는 말을 이 할매가 잘못 들었능갑다. 할매가 미안하다." 아 그렇게 달래면서 미안하다는 말을 계속 되풀이하더라고. 순간 물그릇이 엎어지듯이 눈물이 쏟아져 나오는데 그대로 마당에 주저 앉아 버렸어. 그때의 눈물이란, 그 할매한테 너무 고마워서 나오는 눈물이었어.

그 큰 어른이, 나보다 거의 70년을 더 살아오신 거인이, 나한테 잘못했다고 사과를 하는데, 어찌나 미안하고 고맙던지⋯⋯. 그때 난 어른도 아이한테 사과할 수 있다는 사실을 처음 알았어. 그리고 나도 나중에 그런 어른이 되어야겠다고 생각했어. 나는 일어나면서 그 할매한테 죄송하다고 했어. 그러자 할매가 "아니어, 아니어. 내가 미안하다. 아가, 그러니 화 풀어라." 아 그러시더라고. 그러니 내가 더 미안해서 울어대고 있으니 망주골 양반이 마당으로 와서 나를 잡고는 "이놈의 새끼, 그저 순한 줄만 알았더니 이런 성질머리도 있네잉. 사람이란 이런 성질이 있어야 하는 것이여. 잘못된 것을 잘못됐다고 말할 수 있어야 하는 것이여. 괜찮다! 가자!"

다짜고짜 나를 끌고 어디론가 가다가 고개를 들어보니 전방에 와 있었어.(전방이란 마을에 있는 가게야)

"아짐, 술 한잔 주쑈!"

전방 아주머니가 술상을 차려왔어. 망주골 양반이 내 앞에다 술잔을 놓고는 술을 따랐어.

"자, 내 술 한잔 받아라. 내가 니 아부지다 하고 받아라. 괜찮다. 한잔 먹고, 다 잊어불어라. 알았지야?"

난 망주골 양반 앞에서 처음으로 소주를 마셨어. 아무런 맛을 느낄 수가 없었지. 그냥 맹물 같더라. 그런데 두 잔 마시니까 온몸이 달아오르면서 발이 차가워지는 거야. 그제야 내 발이 얼음처럼 얼어 있다는 걸 알았지.

"이놈의 새끼, 발에 얼음 들겠네. 이 눈밭에 맨발로 뛰어오다니……. 이놈의 새끼, 진짜 곤조 있네."

그러면서 내 등을 토닥토닥해주시더라고. 돌이켜보아도 그때 난 너무 예의 없이 그 할매한테 대들었거든. 그런데도 망주골 양반은 나에게 한마디 타박도 없었고 어쩌면 그렇게 따뜻한 눈길과 손길로 얼어버린 발을 주물러주실 수가 있는지……. 해인아, 나도 그런 어른이 되려고 했는데, 망주골 양반의 반도 닮지 못했어. 살아갈수록 그런 생각을 많이 한단다. 나에게는 그 어떤 위인보다 훌륭하신 분들. 그러고 보니 난 위인전은 한 권도 읽지 않았어. 그런 마을 어른들을 보면서 '나도 나중에 저런 어른이 되고 싶어⋯⋯' 하는 생각을 했을 뿐이야.

해인아, 힘들어도 웃고 ^^, 늘 행복해라.

9

★ 엄마가 딸에게 사과하면 쪽팔리는 건가요?

보낸 사람 : 몽상가 13.11.17 02:44

요즈음 감정 기복이 조금 심해진 것 같아요. 조금은 불량해진 것도 같고요. 몇 분 전까지만 해도 기분 좋았다가 갑자기 예민해지고, 또 갑자기 기분 좋아지고. 제가 붕 떠 있는 것 같고요. 확실히 제가 이상해진 것 같아요.

며칠 전에는 아빠하고 밖에서 잠깐 만났어요. 아빠도 엄마가 제 핸드폰을 몰래 훔쳐본 것은 잘못이라고 하더라고요. 아빠가 대신 미안하다고 하더라고요. 전 엄마를 이해할 수 있다고 했어요. 충분히 그럴 수 있다고 생각해요. 그래도 잘못한 건 잘못한 거잖아요? 그럼 사과를 해야 하는 거 아닌가요? 엄마가 딸에게 사과하면 쪽팔리는 건가요? 제가 그렇게 말하자 아빠가 상당히 당황하면서 "니 엄마 성격을 알잖아!" 하고 눈을 감아버리더라고요.

엄마는 조금도 미안한 눈빛을 지어 보이지 않았어요. 오히려 더 공격적이에요. 저 때문에 집안 분위기가 엉망이라면서, 저 때문에 아빠랑 날마다 싸운다면서, 저 때문에 하루 종일 우울하다면서, 저 때문에 밥맛도 없다면서요. 저 때문에 기도도 안 된다면서요. 왜 그게 저 때문이죠? 어제 아침에도 엄마는 시경 오빠랑 관계를 끊으라고 했어요. 싫은 소리를 하고 싶지 않지만 엄마니까 하는 거라고요. 지금은 이런 잔소리가 싫겠지만 훗날 돌아다보면 아, 엄마 말이 옳았구나 생각할 거라고요.

"니가 반에서 1등이라고 만족했다가는 큰 낭패를 보고 말거야. 니네 학교에서는 작년에 서울대 한 명도 못 갔어. 재작년에는 한 명 갔었고. 그럼 답이 나오는 거 아니니? 그래서 엄마가 이러는 거야. 다 알잖아? 제발 정신 차려."

샘, 저는 엄마 말을 모두 부정하는 거 아니에요. 저도 제가 더 노력해야 한다는 거 잘 알아요. 저 역시 좋은 대학에 가고 싶어요. 당연히 앞으로 최선을 다할 거고요. 그러나 시경 오빠 때문에 제 성적이 오르지 않는다는 지적에 대해서는 동의하지 않아요. 그건 엄마의 억지예요. 그렇다고 이 문제로 엄마하고 싸우고 싶지 않아요.

엄마 입장에서는 그렇게 생각할 수도 있으니까요. 다만 저는 엄마한테 진심으로 미안하다는 말을 듣고 싶었어요. 그래야만 엄마를 편안하게 볼 것 같아요.

어젯밤 집에 와서 시경 오빠의 전화를 받고 진짜 몸이 굳어버렸어요. 엄마가 시경 오빠한테 전화를 했대요. 간절히 부탁했대요. 저랑 헤어지라고요. 그게 저를 도와주는 것이라고요. 저를 좋아한다면 그렇게 해달라고 했대요. 그러면서 시경 오빠가 막 웃더라고요.

"아, 지겨워. 엄마들이란 어쩌면 이렇게 똑같니? 니네 엄마 목소리를 듣는데 꼭 우리 엄마하고 통화를 하는 것 같아서 소름끼쳤다. 느낌이 똑같더라. 우리 엄마도 나한테 목숨 건 적이 있었거든. 초등학교 때부터…… 난 유명한 사립초등학교를 나왔어. 그리고 미국에 가서…… 아…… 생각만 해도 머리가 쥐난다. 죽을 것 같았어. 엄마가 끄는 대로 따라가지 못한다고 느껴질 때마다……. 해인아, 이건 인권침해야. 아무리 엄마라고 해도 딸의 핸드폰을 맘대로 뒤져서 보고 남자 친구한테 연락해서 이래라 저래라 한다는 건…… 참으면 안 돼. 그럼 너한테도 엄마한테도 도움이 안 돼……."

시경 오빠는 단호했어요. 엄마한테 당당하게 말하고 따지라고 했어요. 계속 엄마가 사과하지 않고 부당하게 강요하면 행동으로 보여주라고요. 집을 나와버리라고요.

저 진짜 가출하려고 했어요. 근데 민수의 말을 듣고 달라졌어요. 민수한테 그 말을 했더니 냉정하자고 하더군요.

"나도 집 나가는 것에 대해서 반대는 안 해. 다만 집을 나가려면 준비를 해야지. 넌 준비된 게 뭐니? 난 집 나오려고 돈을 모았어. 당장 원룸이라도 얻을 수 있는……. 더구나 넌 여자야. 나오면 어디서 잘 건데? 니 남친이 책임진다고? 어떻게? 살림 차릴 거야? 니 남친도 부모님이랑 살잖아? 그럼?"

민수 말에 할 말이 없었어요. 집을 나간다는 건 절대 순간 욱 하는 기분대로 해서는 안 된다는 것을 새삼 깨달았어요.

샘, 제 걱정 많이 하시죠? 괜찮아요. 전 씩씩해요. 그리고 행복해지려고 애를 써요. 샘, 늘 감사해요!!

★ 석 달간의 가출
보낸 사람 : 마법사 13.11.29 08:22

고등학교 2학년 겨울방학 때였어. 내 유일한 말벗이었던 윤희랑 헤어지고 나자 더 이상 학교에 버티고 있을 자신이 없었어. 나는 이미 학교 공부는 포기한 지 오래였고, 집에 오면 소설책을 읽고 소설 쓰는 게 유일한 낙이었지. 난 어렴풋이 작가를 꿈꾸고 있었어. 그렇다면 더 이상 학교에 미련을 가질 필요가 없다고 생각했지. 작가란 반드시 고등학교 졸업장, 대학 졸업장이 필요한 건 아니니까. 나는 방학하자마자 서울행 기차에 몸을 실었지. 당시 우리 동네 형들은 텔레비전 광고에 나오던 큰 술집에서 일을 하고 있었어. 다행히 우리 아래아래 아래아랫집에 살았던 형이 반갑게 맞아주었어. 딱 한 달만 해보고 아니다 싶으면 그만두어야 한다는 전제를 깔면서 일을 가르쳐주었어. 나는 주방에서 설거지하는 일부터, 홀 청소 같은 가장 밑바닥 일부터 시작하였어. 술집이 하도 커서 청소하는 데만 반나절은 걸렸어. 아침 일찍 일어나서 지하 2층부터 지상 4층까지 홀 청소, 룸 청소를 마치고 나면 점심때가 되었고, 그때부터 주방에 들어가서 온갖 잡일을 도와야 했고, 일을 마치면 새벽 4시가 넘었어. 그 형네 집에 가면 4시 반이 넘었어. 손발을 제대로 씻을 틈도 없이 곯아떨어졌다가 아침 8시에 일어나서 역시 얼굴을 씻을 틈도 없이 술집에 나가야 했어.

결국 난 일주일 만에 손을 들고야 말았어. 쓰러져버린 것이지. 그 형이 나를 부르더니 차비를 주면서 내려가라고 하더라고.

"이런 일은 언제든지 할 수 있어. 그러니 가서 학교 다녀. 그냥 공부하려고 하지 말고 졸업장만 따겠다고 생각하고 다녀."

그런 말을 듣자 괜히 눈물이 나더라. 난 공부도 못하고, 이런 일도 못하고, 뭐 하나 제대로 할 줄 아는 게 없구나. 그런 자책감이 나를 힘들게 하였어. 나는 미로 같은 서울 거리를 헤매다가 전봇대에 붙은 구인광고를 보았어. 가방공장이었지. 말이 공장이지 허름하게 지어진 주택가 어느 지하실이야. 그곳에 한 10여 명의 직원들이 살을 비비면서 일하고 있었어. 내 또래로 보이는 여자도 있었고, 나보다 나이가 많은 남자, 아주머니, 그리고 말을 제대로 못하는 벙어리도 있었고…….

해병대 옷을 입고 다니는 공장장이 날 보더니 "가출했구나. 그냥 가라!" 하시더라고. 그 말에 더 오기가 나서 일을 하겠다고 보챘어. 그다음 날 공장장님이 그럼 한번 해보라고 하더라고.

우선 잡일이지. 주로 물건들을 지하실 밖으로 나르고 들여오는 일. 공장 안에서 다른 직원들의 심부름하는 일. 그리고 밤이 오면 그곳에 그대로 쓰러져서 자는 거야. 그때는 그런 공장이 많았어. 남자 여자 다 같이 쓰러져서 잤어. 거기서도 뭘 생각할 겨를이 없었어. 그냥 눈을 뜨면 일하고 일이 끝나면 자는 거야. 그래도 술집보다는 일이 쉬웠고, 내 적성에도 맞는 것 같았어. 난 가방 만드는 최고의 기술자가 되겠다고 작정하였지.

가방공장에서 일하게 된 지 두 달 정도 지났을까? 밤에 잠을 자는데 누군가 뒤에서 나를 끌어안았어. 꿈인가 하고 눈을 떠봤는데, 꿈이 아니야. 누군가의 손이 내 바지 지퍼를 열고 들어와 있었어.

술 냄새와 담배 냄새가 풍겼어. 하도 놀라서 소리치려고 했는데 입이 열리지 않아.

몸도 딱 굳어버렸어. 그 누군가의 손이 내 바지 속으로 들어와서…… 아아…… 그가 남자라는 것을 느낀 순간, 심한 모욕감이 나를 마비시켜버렸어. 학교에서 선생님들이 나를 칠판 앞으로 불러놓고는 "어떻게 너 같은 놈이 여기까지 왔냐? 다시 초등학교로 가야지." 그렇게 모욕을 주던 순간만이 떠올랐어. 그 누군가의 손은 내 바지 속으로 들어와서 마음껏 유린을 하였어. 난 막 울었어. 눈물이 얼굴 가득 흘러내리는데도 그 병신 같은 손은 전혀 저항을 하지 못하는 거야. 그 병신 같은 입은, 발은, 내 온몸은 전혀 저항을 하지 않는 거야. 어떻게 그럴 수가 있을까? 내 몸이 저주스러웠어. 바보 같은 몸.

사실 학교에서 선생님에게 맞을 때도 그런 생각했거든. 이 바보 같은 몸아, 엉덩이야, 종아리야, 제발 아프다고 죽겠다고 반항 좀 해라. 왜 바보같이 맞고만 있니? 날마다 매를 맞는데도, 어쩌면 생각 있는 인간이라는 종자가 그렇게 무기력하니? 네 다리와 엉덩이를 봐라. 불쌍하지도 않니? 왜 이렇게 맞고만 있니? 나가버려! 때리지 말라고, 당신들이 왜 날 때리느냐고? 당신들이 날 때릴 자격이 있냐고? 소리치고 나가버려! 난 수도 없이 내 몸에게 소리쳤지만, 병신 쪼다 같은 내 몸은 단 한 번도 선생님들에게 반항하지 못한 채 속수무책으로 유린당했어. 그런 생각들이 떠오르자 "놔, 놔! 이 씨팔 새끼야, 날 좀 놔두라고! 내 불쌍한 몸을 놔두라고!!" 그렇게 소리 지르면서 무엇인가를 휘둘렀어. 어둠 속에서 비명 소리가 터져 나오고 난리가 났지. 나는 닥치는 대로 집어던지고 휘둘렀어. 그리고 누군가에게 끌려 나갔어.

　나를 끌고 나간 사람은 은영이라는 여자아이였어. 정확한 나이는 모르지만 내 또래였을 거야. 그 아이가 나한테 돈을 주면서 어서 도망치라고 하더라고. 다시는 이곳에 오지 말고 어서 도망치라고. 난 그 말만 듣고 도망쳤어. 그때부터 5일간 쉬지 않고 걷고 또 걸어서 자취방으로 돌아올 수 있었어.

10

★ 절 응원해주세요

보낸 사람 : 몽상가 13.12.06 02:59

선생님, 시경 오빠가 헤어지자고 했어요. 우리 엄마가 자꾸 전화
해서 헤어지라고 하는 것을 참을 수 없다면서요. 정말 미안했어요.
엄마한테 그렇게 말을 했는데도, 엄마는 제가 헤어질 때까지 계속
연락하겠대요. 그건 엄마의 특권이니까, 타협의 대상이 될 수 없
다면서요. 진짜 돌아버리겠어요. 요즘 엄마하고 한마디도 안 해요.
최악%$#@!! 이보다 더 최악의 상황이 있을까요? 아빠도 더 이상
중재를 할 수 없어서 그런지 한마디 말이 없어요. 동생도 엄마의
목소리가 커지기만 하면 자리를 피해버리죠. 이제 어떻게 해야 할

지 모르겠어요. 점점 말하기가 두려워져요. 시경 오빠한테 이런 상황을 이해해달라고 말할 수도 없고요.

그런 생각도 해봤어요. 극단적인 상황이요. 엄마가 "너, 선택해라. 엄마를 택하든가 시경인지 뭔지를 택하든가⋯⋯." 그런다면, 만약에요, 만약⋯⋯. 샘, 저요. 엄마 선택하지 않을 거예요. 샘, 저 미쳤지요? 그만큼 제가요, 시경 오빠를 좋아한다고요. 몰라요. 지금으로서는 시경 오빠랑 헤어진다는 것은요, 상상도 할 수 없어요. 그만큼 좋아요. 그저 생각만 해도, 만나고 싶다는 생각만 해도 하루 종일 힘들었던 일들이 다 녹아버려요. 그건 엄마를 보는 것이랑 또 다른 느낌이에요. 그걸 엄마가 인정해줬으면 좋겠어요. 전 열심히 할 자신이 있어요. 공부도 하고, 시경 오빠랑 만나기도 하고⋯⋯. 근데 엄마는 절대, 인정하지 않겠대요.

시경 오빠가 여행을 가자고 했어요. 기차 여행이요. 기차만 타고 다니는 여행 상품이 있어요. '내일로'라고 하는데, 학생들에게는 아주 저렴해요. 저는 기말고사가 끝나면 생각해보겠다고 했어요. 샘, 요즘은 너무 힘든 이야기만 하게 되었어요. 그래도 샘에게 이렇게 털어놓고 나면 잠이 잘 와요. 샘, 저 좀 응원해주세요.

★ 앞보다 뒷모습이 더 아름다웠던 사람들

보낸 사람 : 마법사 13.12.10 10:34

오늘은 어렸을 때 사진을 보다가 아버지를 떠올렸어. 사실 아버지랑 같이 찍은 사진은 한 장도 없거든. 그런데도 어렸을 때의 나를 보자 그 주위에 아버지가 계시는 것만 같았지. 마흔이 되기 전에 돌아가신 아버지의 얼굴이…… 그리고 아버지의 친구 분들…… 그중 우리 집 앞에 앞에 살았던 대목수 윤씨를…….

초등학교 2학년 봄이었을 거다, 아마. 울타리 밑에다 산에서 파는 풀꽃을 심고 있는데 누군가의 목소리가 들렸어.

"참, 똑같이 생겼네. 어쩜 저렇게 똑같을까?"

키가 큰 윤씨가 담배를 피우면서 나를 보고 있더라고. 내가 엉거주춤 인사를 하니까, 고개만 끄덕끄덕하시면서 슬쩍 눈길을 돌리시더라고. 한참 있다가 내 옆으로 온 윤씨는 "니 아부지가 살아 계셨을 때는 몰랐는데, 돌아가시고 나니까 니가 아부지를 빼닮았다는 것을 알겠다. 웃는 것도 똑같고, 말하는 것도 똑같다. 수줍어하는 표정까지 똑같다. 느그 아부지도 아기자기했다. 너처럼 꽃을 좋아했다. 한번은 나중에 죽으면 따뜻한 풀로 태어나고 싶다고 그런 말도 해서 나한테 핀잔을 들은 적도 있다. 내가 느그 아부지랑 아주 친했다. 그러니까 살다가 힘든 일 있으면 찾아와서 말해라. 내가 도울 수 있는 것은 도와줄게. 알았지야?" 그러면서 내 손을 꼭 잡아주셨지. 아버지는 내가 초등학교 1학년 겨울에 돌아가셨거든.

그분은 나를 친아들처럼 대해주셨어. 초등학교 졸업식 때도 오셨고, 중학교 입학식 졸업식, 고등학교 입학식 졸업식에도 오셨어. 늘 나를 위해서 보이지 않게 도와주셨지. 나는 그분을 형님이라고 불렀지만 마음속으로는 아버지라고 생각하고 있었어. 항렬상 형님뻘이어서 어쩔 수 없이 그렇게 부를 수밖에 없었어. 난 힘들 때마다 그분에게 많이 의지하였어.

그런데 그분이 내가 대학생이 되자마자 싹 달라지더라고. 갑자기 반말을 하지 않고 반공대하는 거야. 나하고 무려 서른 살이나 차이가 나는데도, "어이, 열심히 공부하소. 자네 아부지가 계셨으면 얼마나 좋아할까?" 내가 아무리 반말을 하라고 해도 이제 어른이 되었으니까 그럴 수가 없다면서 나를 흐뭇하게 바라보던 그 눈길을 잊을 수가 없어. 그게 처음에는 불편하고 쑥스럽기도 했는데 점차 시간이 흐르니까, 그 어른이 나를 어떻게 생각하는지 느껴지더라고. 그러면서 불편하다는 생각이 사라지고, 그분에 대한 믿음과 감사의 마음이 더욱 깊어지게 되었어. 오히려 그 전보다 더 많은 이야기를 할 수 있게 되었고, 그 전보다 더 많이 의지하기도 하였어. 말투에서 그분이 나를 얼마나 신뢰하고 있는지 알 수 있었으니까, 나 역시 은연중에 그분을 신뢰하게 되는 것이지. 그분은 세상 모든 이야기에 귀를 열어두고 내 이야기를 들어주셨지. 그것이 요즘 어른들하고 달랐지. 당신 뒤에 오는 후배들의 생각을 들어주고 존중해주고 지지해주는 그런 어른이었어. 지금도 그분은 고향에 살아 계시는데, 집안에 어려운 일이 생기면 그분한테 가장 먼저 가서 의논을 해. 그럼 마음이 편안해져. 앞모습보다 뒷모습이 더 아름다운 분들, 세월이 흐를수록 더 생각나는 분들이…… 새삼 그리워지는구나.

그런 생각을 하다가 새삼 나를 돌아다보았어. 난 어떻게 살고 있는지…… 딸에게 어떤 아빠인지, 주위에 있는 많은 아이들에게 어떤 어른인지…… 행여나 꼰대처럼 살고 있지 않는지…… 해인아, 새삼 그런 생각을 했단다.

11

★ 타투 했어요

보낸 사람 : 몽상가 13.12.11 03:11

또다시 시험이 다가오고 있어요. 어느 때보다 긴장되고 중요한
시험이에요. 선생님, 저 열심히 준비하고 있어요! 이제껏 가장 열
심히!! 잠도 3시간 이상 자지 않고!!! 더 줄이려고 했지만 체력이
되지 않아요. 샘, 근데 저보다 더 독한 건 엄마예요. 엄마는 요즘
2시간도 주무시는 것 같지 않아요. 그런 엄마를 볼 때마다 고맙기
도 하고, 부담되기도 하고……

어쨌든 제게 이번 시험은 너무 절실하고 중요해요. 우선 저 자
신에게 강한 믿음을 주고 싶고요, 그다음으로는 엄마한테 보여주

고 싶어요. 성적과 남자 친구는 아무런 관계가 없다는 것을요. 그래야만 해요. 지금으로서는 그 방법밖에는 없어요. 그렇지 않으면 엄마하고 싸워서 이겨야만 해요. 그럴 수는 없잖아요? 시경 오빠가 저한테 독종이래요.

샘, '타투'라고 아세요? 아, 샘께는 '문신'이라고 해야 더 쉽게 이해하겠네요. 헤헤헤, 하지만 조폭들이 몸에다 하고 다니는 문신하고는 차원이 달라요. 요즘 세대는 문신으로 몸을 예쁘게 하는 데 이용하는 거죠. 지난달부터 시경 오빠가 커플타투를 하자고 했어요. 발목이나 허벅지 아래쪽에다 하트나 꽃송이를 똑같이 새겨넣자고요. 커플타투를 하면 저를 사랑하는 마음이 더 깊어지고 불안한 마음이 없어질 것 같다고 하면서요. 근데 당황스럽고 망설여지더라고요. 시경 오빠는 실망스럽다는 표정을 지었어요. 많이 미안했어요. 똑같은 문양을 새겨 넣는 커플타투는 심사숙고해야 한다고 생각했거든요. 자칫 무슨 족쇄처럼 느껴질 수 있으니까요. 그래서 제가 시경 오빠한테 다른 제안을 했지요. 커플타투처럼 하되 문양을 다르게 새겨 넣자고요. 그래서 시경 오빠는 발목에다 새를, 저는 꽃을 새겼어요. 비록 똑같은 그림은 아니지만 시경 오빠도 좋아했어요. 다행이에요. 물론 엄마한테는 비밀이에요. 만약 알면 난리가 날 거예요.

엄마랑 아빠는 요즘 들어 더 자주 싸워요. 잠잠했던 종교 문제가 심각해졌어요. 엄마가 교회에다 많은 돈을 헌금으로 내놓은 것 같아요. 이번에 교회가 새 건물을 짓거든요. 자세한 건 모르겠지만 제가 상상할 수 없을 만큼 많은 금액인가 봐요. 아, 모르겠어요. 제가 어떻게 중재할 수도 없고…… 샘, 졸려요. 더 이상 못 쓰겠어요. 시험이 무섭게 다가오고 있어요. 저한테 기운을 불어넣어 주세요.

★ 몸은 어른이어도 생각은 아이인 사람
보낸 사람 : 마법사 13.12.12 10:30

오늘은 어떤 시상식에 갔다가 많은 작가들을 만났단다. 시상식이 끝나고 근처 맥주집으로 뒤풀이를 갔어. 그곳에서 내가 평소 존경하는 선배 작가 한 분을 만났는데, "자네들 많이 먹게. 난 육식을 하지 않네. 육식은 너무 폭력적인 것 같아. 채식만으로도 충분히 살 수 있어……" 하면서, 잘 튀겨진 닭고기를 물어뜯고 있던 후배 작가들에게 채식의 위대함을 수차례 강조했는데, 이상하게도 불쾌했단다. 나도 채식주의자는 아니지만 고기보다는 거의 채식 위주로 먹고 있거든. 난 채소도 재배하지 않아. 그냥 우리 집 주위에 있는 돌나물, 씀바귀, 민들레, 미나리, 보리뺑이, 수영, 질경이 같은 풀을 한 주먹씩 뜯어다가 버무려서 한 끼 반찬으로 먹거든.

그럴 때가 가장 행복해. 그렇다고 해서 채식주의자는 아니야. 어차피 인간이 동물 중에서 맨 꼭대기에 존재하는 생명체이기 때문에 육식도 하고 채식도 해야 한다고 생각해. 다만 지나친 육식이 문제라는 생각을 가지고 있어. 그 선배의 말은 육식은 살아 있는 생명체를 죽여야 하기 때문에 고기를 먹지 말아야 하고, 식물은 그런 게 아니기 때문에 맘대로 먹어도 된다는 거야. 그 말을 듣고 난 많이 불편했어. 대체 그런 논리가 어디서 나왔을까? 그렇다면 식물은 생명체가 아니란 말인가? 난 식물이나 동물이나 다 똑같은 무게를 가진 생명체라고 생각해. 그래서 풀을 뜯어먹을 때도 그것들에게 미안하고 고맙다고 해. 물론 고기를 먹을 때도 마찬가지야.

순간 초님이가 떠올랐단다. 한번은 이슬비가 내리는 날 강가에 앉아 있는데, 초님이가 오더니 강으로 헤엄쳐가는 뱀을 보고 물었어.

"시우야, 넌 뱀도 영혼이 있다고 생각하니?"

난 왜 그런 걸 묻느냐는 투로 초님이를 쳐다보았지.

"시우야, 사실 난 작년부터 스님이 되려고 했어. 여자 스님. 비구니 스님이라고 해. 내가 하고 싶은 것들을 하나도 할 수 없고, 내가 사랑하는 사람도 집안에서 반대했거든. 만약 내가 사랑하는 사람마저도 함께할 수 없다면 스님이 될 생각이었어. 난 일찍부터 살아 있는 생명을 함부로 죽이지 않고, 고기를 먹지 않는 스님들 생활이 마음에 들었거든. 난 모든 동물들이 인간들처럼 혼이 있다고 생각해. 하지만 풀이나 나무 같은 식물도 혼이 있다는 생각을 하지는 못했어. 근데 며칠 전에 우리 집에 동냥 온 어떤 거지랑 이야기하다가 그걸 깨달았어. 내가 고기반찬을 주지 못해서 미안하다고 했더니, 그 거지가 '풀로 만든 반찬도 값진 것입니다. 왜냐고요? 이것들도 다 살아 있는 생명이었잖아요? 전 생명을 먹고 있잖아요?' 그러는 거야. 그 말 듣고 충격 먹었어. 이래서 옛사람들이 거지한테도 배울 게 있다는 말을 했구나. 그 말뜻을 알 것 같았지⋯⋯."

그 말을 듣고 나는 이렇게 대답했어.

"풀은 몰라도 나무는 동물들처럼 혼이 있는 것 같아."

실제로 오래된 감나무나 소나무, 느티나무를 보면 뭔가 함부로 대할 수 없는 신비스러운 힘이 느껴졌거든.

"나무가 혼이 있다면 풀도 혼이 있을 것 같아."

나도 모르게 그렇게 말하고야 말았어.

어제 초님이 먼 친척을 만났어. 그분을 통해서 초님이가 어떻게 살았는지 대충 듣게 되었지. 서울에 가서 힘들게 살다가 자수성가하여 엄청나게 많은 돈을 벌었지만, 현대의학으로도 고칠 수 없는 희귀한 병에 걸려서 투병생활을 하고 있다는 이야기. 그것도 몇 년 전 이야기라고 하면서, 이미 다른 세상 사람이 되어 있을 수도 있다고 쓸쓸하게 웃으시더라고. 그분을 만나고 돌아오는데 꼭 꿈을 꾸는 것만 같았지.

그런 기억도 났어. 한번은 내가 우리 밀밭 가에 앉아 있는데 초
님이가 왔어. 나는 초님이한테 물었지.

"여기 있으면 무슨 소리가 들려. 그러니까 바람 소리 같기도 하
고, 강물 소리 같기도 하고, 노랫소리, 새소리…… 그러다가도 현
실에서 나는 것 같지도 않고 먼 과거나 혹은 다른 세상에서 들려
오는 소리 같은…… 나는 잠들기 전에도 그런 소리가 자주 들려.
그래서 내가 엄마한테 그 이야기를 하면 '넌 생각이 너무 많아서
탈이다!' 하고 타박하였어. 초님이는 그런 적 없어? 초님이는 다른
세상을 믿어?"

그랬더니 초님이가 "너도 그런 생각을 하는구나. 난 날마다
해……" 하고 고개를 끄덕여주었지. 초님이가 나를 보고 물었어.

"시우야, 넌 어디 가고 싶지 않니? 저 산 너머 가면 뭐가 있을
까? 바다가 보고 싶지 않니? 동굴 끝은……? 이 세상 어딘가에는
여자들만 사는 나라가 있을지도 몰라. 이 세상 어딘가에는 동물들
이랑 자유롭게 말이 통하는 나라도 있을 거야……."

초님이가 그렇게 조잘거리면, 나는 그 아름다운 처녀를 바라다
보면서, 어른이 되었는데도 어린애 같은 생각을 갖고 있구나, 하고
생각했어. 그러면서 나도 이담에 어른이 되었을 때, 아이들 앞에서

저런 말을 할 수 있었으면 좋겠다고 생각했지. 몸은 어른이 되어
도 생각은 아이인 사람.

그렇게 초님이 자기만이 꿈꾸는 세상으로 가버렸을지도 모른
다는 생각을 하자, 이상하게도 허탈해지고 걸음걸이가 힘들었어.
그래서 어제는 술을 많이 마셨단다. 난 술을 잘 못하는데, 너무 마
셔서 밤새 부대꼈단다. 초님이도 나를 보고 싶었을 텐데……. 곧
시험이겠구나. 시험 잘 보고, 시경 군이랑 여행 잘 다녀와. 그럼,
안녕!

12

★ 낯선 곳에서 보낸 하룻밤

보낸 사람 : 몽상가 13.12.19 17:30

여행을 다녀왔어요. 정식으로 말하면 엄마가 허락해주지 않을 것이 뻔해서 여자 친구들이랑 바람 쐬러 간다고 거짓말하고 시험이 끝나자마자 날랐어요. 전라도 끝, 『태백산맥』에 나오는 보성 벌교에 갔어요. 거기서 민박을 했어요. 할머니 혼자 사시는 집인데, 넘 좋았어요.^^ 우리 할머니 생각이 많이 났어요. 할머니가 직접 만든 고구마묵도 주고, 국수도 끓여주었어요. 벽에 사진이 가득 붙은 할머니 가족 이야기도 들었어요. 할머니는 자손이 많더라고요. 아들 다섯에 딸이 넷이래요. 거기서 낳은 손자 손녀들이 서른 명이 넘는대요. 우와, 놀랐어요. 할머니의 가계표를 그려보니까, 그 쭈글쭈글해진 생명체가 얼마나 대단한 일을 했는지 새삼 감탄했어요. 할머니는 한글도 모른대요. 그래도 살아가는 데 불편하지 않았대요. 다만 할아버지가 너무 바람을 많이 피워서 그게 조금 서운하셨다고 하더라고요. ㅋㅋㅋ

둘째 셋째 부인이랑 같이 살기도 했다고 하면서, "나는 늙었어도 신식이여. 둘이 고등학생이제? 난 나쁘게 생각하지 않응께…… 괜찮어. 학생이문 으때? 나쁜 짓 하지 않고 당당하면 되는 것이제. 지대로 공부 잘하고, 둘이 착하게 잘 만나고 그러면 되는 것이지. 난 자식들을 많이 낳았제만, 지대로 연애를 하지 못했어. 같이 평생을 산 영감도 내가 좋아서 만난 것이 아니고, 그래서 다시 태어난다면 학생들처럼 연애 한 번 해보고 싶어. 어쩔 수 없이 같이 사는 것이랑 연애해서 같이 사는 것이랑 달라. 봄에 풀이 나고 꽃이 피면 그런 생각이 간절해. 저렇게 한 번만 살아봤으면……." 그러시는데 마음이 아팠어요. 할머니가 안방을 내주고 그 옆방으로 가려고 하는 걸 제가 말려서 같이 잤어요. 그게 좀 그렇더라고요. 샘, 아시죠?

그래서 제가 할머니랑 시경 오빠 사이에 잔 거죠. 제가 왜 이 이야기를 길게 하냐면요, 잠을 자면서 자꾸 아빠 생각이 나서요. 이상하더라고요. 시경 오빠랑 붙어서 자는데도, 물론 옆에 할머니가 계셔서 그랬는지 모르겠지만 별로 어색하지 않더라고요. 우린 서로 남남이잖아요? 결혼한 사이도 아니잖아요? 게다가 아직 어리잖아요? 사실은 그것 때문에 제가 할머니랑 같이 자자고 한 거예요. 첨엔 어색했어요. 잠도 안 오고……. 근데 할머니의 코고는 소리가 들리자 이상하게도 맘이 편해지더라고요. 시경 오빠가 제 손을 꼭 잡는데도 어색하지 않았거든요. 그때 아빠 얼굴이 떠오른 거예요. 지난번 할머니 제사 때 큰집에 갔다가 아빠랑 둘이 잔 적이 있거든요. 어쩌다 보니 작은 방에서 같이 자게 되었는데, 아빠가 몸을 뒤척일 때마다, 아빠 손발이 내 몸에 닿을 때마다 저도 모르게 흠칫흠칫 놀라면서 경계하는 거예요. 아빤데…… 내가 왜 이러나? 이래서는 안 된다고 생각해도…… 어, 그게 맘대로 안 되더라고요. 꼭 아빠가 외간남자로 느껴지는 거예요. 다음 날 아빠를 제대로 쳐다보지도 못했어요. 아빠한테 미안해서요.

시경 오빠가 편하게 느껴질수록 아빠한테 미안해지더라고요. 아빠는 절 낳아주신 분이고, 시경 오빠는 남이잖아요? 근데도 아빠보다 더 편안하다니…… 물론 옆에 할머니가 없었다면 달라졌을 수도 있겠지마는……. 조금은, 왜 전혀 다르게 살아온 남녀가 만나서 같이 살 수 있는지 알 수가 있었어요. 샘, 제가 이상한 건가요?

아무튼 벌교에서 맛있는 꼬막도 먹었고요, 순천만에 가서 철새들을 보고 경상도를 통해서 올라왔어요. 1박 2일 동안 온통 기차만 타고 다녔지만 저는 시경 오빠랑 많은 이야기를 할 수 있어서 좋았어요. 지금까지 시경 오빠는 가족 이야기를 거의 하지 않았거든요. 아버지는 은행원이고 어머니는 대학교수님이라고 하니까…… 시경 오빠네 집에 몇 번 가봤는데요, 엄청 부자 같았어요. 그냥 느낌이 그랬어요. 세 식구뿐인데 집이 미로 같았어요. 80평이 넘는 아파트거든요. 바닥과 벽은 다 대리석으로 반짝이고, 벽에는 이중섭 그림이 걸려 있더라고요. 진품이래요. 시경 오빠는 그런 부모님이 부담스럽다고 하면서 오히려 평범하게 사는 제가 더 부럽대요. 부모님의 기대치가 너무 높아서, 그것을 따라갈 수 없어서 너무너무 힘들었다고 하더라고요. 미국에 있을 때는 마약도 했다고 하더라고요.

시경 오빠는 저를 정말 좋아한다고 말했어요. 그리고 좀 더 자주 만나고 싶지만 제 환경을 이해하겠다고 하더라고요. 대신 민수하고는 만나지 말래요. 오빠는 삼각관계, 드라마에서 단골로 나오는 그런 설정이 싫대요. 자기 좋아하는 사람을 의심 없이 마음껏 사랑하고 싶대요. 저도 그렇게 하겠다고 말했어요. 제가 좋아하는 사람이니까, 그걸 이해해주고 존중해주기로……. 그렇죠. 시경 오빠 말이 맞는지도 모르죠. 남녀 간에 진정한 친구가 가능하겠어요?????…… 민수는 절 그냥 편한 친구라고 했지만 시경 오빠 말처럼 제가 못생겼다면 그게 가능하겠어요??????…… 은연중에 절 여자로 생각하고 있다는 거지요. 그럴지도 몰라요. 그래서 민수한테 솔직하게 말했어요. 이제 문자도 하지 않겠다고요. 민수가 쿨하게 받아들였어요. 그렇게 하라고요. 근데 언제든지 상황이 편안해지면 다시 연락하라고요.

아 참, 시험은 잘 봤냐고요? 예에, 전 최선을 다했어요. 그렇게 생각해요. 예상보다 문제들이 어렵고 헷갈리는 게 많았지만 그건 다 마찬가지라고 생각해요. 이제 곧 겨울방학이네요. 유난히도 방학이 기다려져요. 그냥 겨울잠 자는 곰처럼 딱 3일만…… 먹지도 않고 말하지도 않고 잠을 자고 싶어요. 샘, 안녕히 계세요.^^

★ 어머니의 손
보낸 사람 : 마법사 13.12.21 17:01

중학교 3학년 여름방학 때였어. 어머니는 처음으로 외갓집이 있는 인천 나들이를 하셨고, 혼자 가는 것이 적적했는지 아들인 나를 끌고 갔어. 어머니는 외삼촌네 집에 가서 짐을 풀자마자 꼬깃꼬깃 접혀진 종이를 외숙모한테 내보이면서 그곳 주소를 캐물었어. 외숙모가 근처라고 하자 어머니가 내 손을 잡아끌고 나갔어.

내가 어디 가냐고 물으니까 초님이를 만나러 간다, 하시는 거야. 그제야 나는 어머니랑 초님이가 언니 동생 할 정도로 친했다는 걸 알았어. 어머니가 경기도에서 살다가 전라도로 와서 적응하지 못할 때 초님이가 말벗이 되어주었거든. 타지에서 이사 온 어머니는 나만큼이나 힘들어하셨어. 전라도 말투도 따라하지 못해서 버벅거렸고, 전라도 특유의 젓갈 비린내 가득 찬 반찬도 만들지 못했어. 지금도 어머니는 김치에다 젓갈을 많이 넣지 않아. 그래서 난 어릴 때부터 다른 집 김치를 먹지 못했어.

어머니는 나를 앞세우고 새로운 골목이 나타날 때마다 근처 부동산에 들러서 종이에 적힌 주소지를 물어 조금씩 조금씩 찾아갔어. 초님이는 내가 초등학교 5학년 겨울에 결혼을 하였어. 집안 반대를 뿌리치고 사랑하는 사람이랑 결혼을 한 거야. 아래 아랫마을에 사는 신랑은 나도 잘 아는 사람이었어. 키는 그리 크지 않아도 얼굴이 맑고, 특히 웃을 때는 여자 같다는 느낌이 들었어. 난 지금까지 그렇게 가운데 가르마가 잘 어울리는 사람을 본 적이 없어. 그들은 전통혼례를 하였어. 신랑은 말을 타고 오고 신부는 가마를 타고 왔어. 마당에다 멍석을 펼쳐놓고 온 동네 사람들이 모여서 와자지껄하게 잔치를 즐긴 건 그때가 마지막이야. 초님이는 결혼하고 한 달쯤 지났을 때 나를 불러 한 상 가득 음식을 차려주면서 신랑한테 "시우는 내 특별한 친구예요. 그러니까 당신도 함부로 반말하면 안 돼요. 내 친구로 대해주어야 해요" 하고 말하자, 신랑은 "나도 이미 눈치챘네, 이 사람아. 근데 어쩔까? 우리 색시 친구가 왔는데도 내가 술 한 잔 못 따라주겠네. 그것이 아쉽구면" 하고 웃었어. 그날 밤 신랑이 우리 마을 앞까지 바래다주었어. 나는 돌아서는 신랑한테 오랫동안 망설였던 말을 슬쩍 하였지. "근디, 근디 말이요. 거시기 거어…… 초님이 몸에 진짜 풀이 났어요?" 하고 물었어. 처음에는 무슨 말인지 몰라 멍하니 있던 신랑은 내가 덧붙여 설명하자 "아하, 난 또 뭐라고? 어이, 진짜 풀이 났드만. 색시 등골에 풀이 수북하게 나서 호랑이랑 뱀도 살겠대" 하고 돌아섰는데, 나는 그 말을 어른이 되도록 믿었어. 그리고 내가 비를 맞을 때마다 내 몸에도 풀이 났으면 좋겠다고 생각했지. 사람 몸에 털이 아니라 파릇한 풀이 난다고 생각해봐. 그럼 꽃도 핀다는 뜻이 아니겠어? 난 그런 상상만 해도 좋았거든.

안타깝게도 그들은 행복하지 못했어. 강가에다 해와 달이 잘 드는 집을 짓고 살았는데, 그 이듬해부터 대규모로 누에를 키우려고 뽕나무를 심었다가 망해버렸거든. 남의 밭까지 빌려서 하우스를 하여 뽕나무를 키웠는데, 그 무렵 누에고치 값이 폭락을 한 거지. 내가 중학교 2학년 여름방학 때 그들은 야반도주를 하였어. 떠나던 날 밤 초님이 나를 은밀하게 불러냈어.

"시우야, 나 간다. 즐겁고 자유롭게 살아. 알았지?"

초님이가 내 손을 꼭 잡았어. 나는 아무리 참으려고 해도 눈물을 어찌할 수가 없었어. 초님이가 꼭 안아주었지. 눈물이 멈출 때까지.

어머니는 초님이네 먼 친척을 통해서 간신히 주소를 알아냈다고 했어. 산동네로 미로처럼 이어진 골목길을 구불구불 헤쳐 갔지. 밤이라 사방은 어두웠고 작은 발발이가 와서 맹렬하게 짖어댔지. 초님이는 블록 담에 뚫려 있는 작은 쪽문으로 나오더니 우리를 보고는 손으로 입을 가리며 고개를 떨궜어. 어머니가 달려가서 "어이, 잘 있었는가?" 하고 손을 잡아주자 "어떻게 이곳까지……" 그러면서 한동안 하늘을 보더라고. 터져 나오는 눈물을 달래고 있었어. 어머니는 그 시간을 기다려주었고 나도 다른 곳을 쳐다보았어. 이윽고 초님이가 우리를 들어오라고 하더라고. 햇볕 한 줌 들 것 같지 않던 단칸방에는 냉장고도 텔레비전도 없이 달랑 상 하나에다 이불만 개어져 있더라고.

초님이는 나를 보고 그 특유의 눈빛으로 웃어주었어.

"다들 잘 있니? 너희 집 뒤란에 있는 동백나무랑…… 너희 집에서 가을마다 잔치하는 대추나무랑 감나무들도…… 너희 암소랑…… 혹시 우리 집 가 봤어? 우리 집 뒤란 매화, 살구나무도……."

"응."

"곧 고등학교 가겠네. 그림 포기하지 마."

"……"

"실은 그게 내 꿈이었어. 나도 너처럼 꽃이랑 나비랑 새들을 좋아했어. 너 신사임당이라고 아니? 난 그 사람이 부러웠어. 그 사람은 부자로 태어나서 맘껏 그림 그리고 살았거든. 꽃이랑 나비 새들을…… 어쩔 수 없이 꿈을 포기하자, 어찌나 허망하고 가슴이 아프던지……. 사실 그 꿈을 포기한 뒤로 많이 힘들었어. 무엇을 해야 할지, 어떻게 살아야 할지 몰랐거든. 그러다가 지금 남편을 만난 거야. 우린 걱정 마. 처음부터 너무 욕심을 크게 가진 게 잘못이지. 난 잘됐다고 생각해. 내 말 알았지?"

그러면서 내 호주머니에 오천 원짜리 한 장을 찔러 넣어주었어. 내가 계속 거부하자 다시 씩 웃는 거야.

"친구로서 주는 거야. 니 꿈을 잃지 말라고. 친구가 주는 건 거절하는 게 아니야."

초님이 손이 내 호주머니 속에서 계속 꼼지락거렸어.

그 생각을 하면서 외갓집으로 왔지. 밤에 어머니랑 같이 방에서 잠을 자게 되었어. 시골에서도 늘 같이 잤기 때문에 별로 이상하지 않았어. 그런데 어머니가 잠을 자다가 일어나서 갑자기 내 얼굴을 만지는 거야. 몰라 그때 왜 그랬는지……. 아마 초님이를 생각하고 있었나 봐. 아니면 다른 여자일지도 몰라. 아무튼 여자를 생각하고 있었던 건 분명해. 나도 모르게 어머니 손을 홱 뿌리쳐 버렸어. 그러자 어머니는 "이놈의 새끼가……"하고는 당황하고 나중에는 서운해하시는 표정이었어. 실은 나도 '내가 왜 그랬지?' 하고 온몸에 열이 올랐어. 아마 초님이 손이었다면 절대 뿌리치지 않았을 거야. 아마 그때부터 나는 남자로서 어머니보다는 다른 여자들의 손길을 더 그리워했나 봐. 그 뒤로 어머니는 내 손을 맘대로 잡지도 못했어. 그게…… 너무 죄송해. 지금도 그래.

13

★ 영원 같았던 하룻밤

보낸 사람 : 몽상가 14.01.01 00:11

선생님, 새해가 밝았습니다. 아, 그러고 보니 사흘 전에 샘을 뵙고도 새해인사를 드리지 못했네요. 죄송합니다. 그때는 너무 경황이 없어서요. 샘 그날 밤에는 많이 놀라셨지요? 헤헤헤…… 그래도 놀란 표정 감추고 절 반겨주신 샘께 정말 감사드립니다. 처음으로 방학식도 참여하지 못했습니다. 저 같은 범생이에게는 있을 수 없는 일인지라 우리 반 친구들이 다들 놀라고 또 놀라고 경악했답니다. 간혹 이렇게 하는 것도 나쁘진 않은 것 같아요. 하하하, 친구들한테 문자가 백 통이 넘게 왔더라고요. 학교 친구 학원 친

구들이요. ㅎㅎㅎ

아직도 믿어지지 않아요. 눈을 감으면 샘하고 만나서 밤새워 이야기하는 순간들이 스쳐갑니다. 그 하룻밤이 영원처럼 길게 느껴져요. 꿈을 꾼 것만 같아요. 예상은 했지만 샘은 제가 생각했던 것보다 훨씬 근사한 분이었어요. 뭐라고 표현할 수 있을까요? 그래요, 다른 별에서 온 외계인 친구 같았다고 하면 실례가 될까요? 얼굴은 나이가 들어 보이지만 실제 나이가 저랑 비슷한 외계인 친구! 그런 느낌이었어요. 샘이랑 밤을 새우면서 저도 모르게 자주 하늘을 쳐다보았고요. 집안 어딘가에 외계로 통하는 비밀통로가 있을지도 모른다는 생각도 했고요. 제가 잠들기만 하면 어디선가 비밀리 외계인이 들어올 것이라는 생각도 했고. 죄송해요. 하지만 나쁜 의미는 아니에요. 너무너무 환상적이어서 샘을 외계인 같다고 표현한 거예요. 그건 시경 오빠나 민수한테는 느낄 수 없는 감정이었어요.

샘, 정말 고맙습니다. 그날 밤을, 저는 영원히 잊을 수 없을 거예요. 샘이 기타 치면서 들려준 노래도요. 저도 요즘은 아빠 세대의 노래를 자주 들어요. 가사만큼은 그 시절 노래가 더 좋은 것 같아요. 제가 좋아하는 가수는 조덕배, 김창완 같은 분들이에요. 저도 기타를 배워서 나중에 샘 앞에서 멋지게 노래를 부르고 싶어요.

샘이 그렇게 깊은 산골짜기에서 사시는 줄 몰랐어요. 분당 근처에 사신다고 해서 저는 흔히 볼 수 있는 전원주택들을 상상했거든요. 샘이랑 저녁을 먹고 나오자 눈보라가 하염없이 몰아쳐서 솔직히 겁이 났어요. 특히 샘이 터미널까지 바래다주겠다고 했을 때 그냥 막막해지더라고요. 그 눈보라 속으로 제 몸이 바스라져서 사라져버릴 것 같은 공포가 밀려왔어요. 샘이 망설이는 저를 보더니, "이런 날은 밤새워 누군가랑 이야기하는 것도 괜찮지." 그렇게 말씀하셨을 때는 정말 눈물이 날 뻔했어요. 하지만 샘이랑 차를 타고 끝없이 골짜기로 들어갈 때는 겁이 나기도 했어요. 이 사람이 내가 아는 작가 선생님이 맞아, 혹시 다른 사람 아냐? 그런 별의별 생각을 다 했어요. 게다가 샘네 집은 그 골짜기 가장 끝에 있었고 주위에 인가가 몇 채 있었지만 다 불이 꺼진 상태였고, 샘 사모님이랑 따님은 외국 여행 중이라고 하는데……. 저요, 잠깐 숨이 막히더라고요. 게다가 눈은 어찌나 퍼붓던지요. 근데 샘이 집 안으로 들어가서 난로에다 불을 피우자마자 그런 느낌이 스르르 녹아버렸어요.

눈이 스르르 감겨서 잠깐 졸았던 것 같아요. 샘이 방에다 이불 깔았다, 가서 자라, 해서 눈을 떴을 땐 다른 세상에 온 것 같았어요. 밖에 나갔는데 춥지도 않더라고요. 마당에 있는 샘네 개랑 이웃집 개가 말을 하고 있더라고요.

"저 하늘이 닿도록 눈이 와버렸으면 좋겠다."

"그랬으면 좋겠다. 난 하늘까지 눈이 쌓이면 달나라부터 가볼 거야."

그런 소리가 들리더라고요. 하도 신기해서 귀를 기울였지만 개들의 소리는 귀가 아니라 내 몸속에서 울려 퍼지는 것 같았어요. 그러니까 몸속에 또 다른 귀가 있는 것 같았지요. 배나 가슴 어디 아니면 발등이나 무릎 어디쯤…… 그래서 아득한 기억 속에서 개들의 목소리가 거슬러 나오는 것 같았어요. 더욱 놀라운 건요, 제가 마당으로 뛰어갔는데 하나도 발이 안 추웠어요. 맨발이었거든요. 그뿐이 아니에요. 저도 모르게 골짜기로 뛰었어요.

"난 하늘까지 눈이 쌓이면 올라가서 하느님이 계시는지 안 계시는지 그것부터 확인할 거야."

내가 그랬더니 샘네 개가 "그게 뭐가 중요하다고 확인을 해? 계시면 어떻고, 안 계시면 어떤데?" 하고 쳐다보더라고요. 진짜 저 개들이랑 말하고 놀았어요. 어떻게 그럴 수가 있는지……. 한동안 샘네 개랑 뛰어다니면서 놀고 있는데, 샘이 나와 계시더라고요.

"너 안 춥니?"

"예, 하나도요. 샘 개랑 말도 했어요. 세상에, 제가 지금 뭐라고 했죠? 말도 안 돼. 샘, 제가 지금 꿈을 꾸고 있나요? 아무래도 제가…… 이게 가능한 일인가요?"

그랬더니 샘이 고개를 끄덕이면서 안으로 들어오라고 하셨어요. 그리고 난롯가에서 따뜻한 차 한 잔을 주셨고, 넌 운이 좋은 거라고 이야기하셨어요.

"오늘 너에게 있었던 일은 꿈도 아니고 상상도 아니야. 그건 현실이야. 하지만 누구나 쉽게 맛볼 수 있는 일은 아니야. 아주 특별한 일이지. 이런 일은 누구에게나 한 번쯤은 일어나지. 아니 어떻게 느끼느냐에 따라서 날마다 이런 현상을 느낄 수도 있어. 모든 시간의 흐름이 정지되고, 그렇게 정지된 시간 속으로 들어온 모든 생명체하고 말을 할 수가 있어. 난 그런 세상이 무릉도원이라고 생각해. 어렸을 때 초님이랑 갔었던 그 복사골 골짜기가 그랬거든. 근데 그 뒤로는 한 번도 그런 일이 생기지 않았어. 그런 순간을 느껴보려고 해마다 봄이 되면 자전거를 타고 그 골짜기를 찾아갔지만 초님이랑 갔을 때처럼 시간이 멈춰지지 않았어. 그 뒤로도 나는 숱하게 그런 상상을 했지만 맘대로 되지 않았어. 근데 해인이 네가 그런 시간 속으로 들어갔었다니, 넌 운이 좋은 거야. 맘껏 즐겨라."

그래서 차를 마시자마자 다시 밖으로 뛰쳐나갔어요.

아, 어떻게 그런 일들이 일어날 수가 있는지요. 전 어렸을 때 다른 동물이 되는 꿈을 종종 꾸었어요. 강아지, 고양이, 햄스터, 다람쥐, 앵무새…… 인간들 말을 알아듣고, 인간들이랑 같이 사는 그런 동물이요. 그날 밤 제가 그랬어요. 토끼를 보면 토끼가 되고, 개를

보면 개가 되고, 고양이도 되고요……. 샘 끝이 없겠어요. 할 얘기
가 많지만 오늘은 그만할게요. 샘, 다시 한 번 감사드립니다. ♡♡
♡ 행복하세요!!!

★ 시경 오빠랑 헤어져야 하나요?

보낸 사람 : 몽상가 14.01.02 00:07

선생님 집에서 하룻밤 자고 집에 돌아오자 예상대로 난리가 났
어요. 엄마가 절 보자마자 제 어깨를 잡고 마구 때리시는데, 이상
하게도 아프지 않더라고요. 하루 종일 맞을 수 있을 것 같았어요.
결국 엄마는 우시면서 주저앉았어요. 샘, 그래도 별로 미안하지 않
았어요. 제가 정말 이상해지나 봐요. 맘속으로는 미안해서 어쩔 줄
몰라 하는데 제 몸은 그냥 뻔뻔해지는 거예요. 우리 친척들, 제 친
구들, 심지어 시경 오빠를 비롯하여 어떻게 알았는지 민수한테도
연락을 한 모양이에요. 전 집을 나가면서 핸드폰을 꺼버렸거든요.
신기하게도 다시 집에 들어갈 때까지 제 몸에 핸드폰이 있다는 걸
몰랐어요. 그야말로 완벽한 단절이었어요. 엄마는 제가 유괴라도
당한 줄 알았다면서 30분이 넘도록 우셨고요, 아빠는 그냥 담배만
피워대더라고요. 동생이 그러는데요, 집에 경찰도 다녀가고 학교

선생님들도 오시고 친척들 전화가 불나고…… 하, 그랬대요. 그래도 저는 별로 두렵지도 않고 미안해지지도 않았어요. 동생이 저를 보고 "언니, 다른 사람 같아" 할 정도였어요.

샘도 제가 왜 집을 나갔는지 대충은 짐작하셨지요? 지난 28일 날 기말고사 성적이 나왔어요. 성적이, 우리 반 석차가 3등으로 추락. 3등이란 등수는 저한테는 한 번도 생각해보지 못한 숫자랍니다. 중학교 때 2등은 몇 번 한 적이 있어요. 그러나 3등은 지금까지 한 번도 해본 적이 없어요. 전 초등학교 때부터 1등이었고, 어쩌다가 실수를 했을 때 잠시 밀려나는 것이 2등이었지요. 그러니 3등이라는 성적을 받자마자 제 온몸이 마비가 되어버렸어요. 아무런 소리도 귀에 들어오지 않았어요. 눈앞이 노래졌고요. 그만큼 충격적이었어요. 제 자신에게 냉정하게 물었어요.

"너 반에서 3등 했대. 이제 어쩔래?"

저는 괜찮다고 대답하고 싶었어요. 제가 빈둥빈둥 논 게 아니잖아요? 열심히 했기 때문에 다음에 또 가능성이 있는 거잖아요? 게다가 이번 시험으로 제 인생이 결정되는 것도 아니고요. 그런데 그 말이 입에서 나오지 않더라고요.

전 시경 오빠가 밥을 사주겠다고 하는 것도 뿌리치고 집으로 달려갔어요. 솔직히 엄마가 가장 두려웠어요. 그래서 엄마한테 가장 위로받고 싶었어요. 괜찮아, 넌 잘할 수 있어. 담에 잘하면 되잖아,

하고요. 물론 그건 제 착각이었어요. 저도 엄마가 위로해주지 않을 거라는 사실을 잘 알고 있었어요. 그래도 피하지 않았어요. 제 말을 들은 엄마 입에서 가장 먼저 나온 말은 "그럴 줄 알았어!"였어요. 제가 기대했던 따뜻한 미소 한 번 뿌리지 않았어요. 엄마는 제 얼굴을 두 손으로 잡고는 "해인아, 정신 차려!" 하고 흔들어댔어요.

"엄마가 말했잖아! 왜 말귀를 못 알아들어."

엄마는 시경 오빠랑 헤어지라고 했어요. 그러기 전에는 내가 아무리 열심히 해도 성적은 계속 하락할 것이라고요. 엄마는 모든 걸 시경 오빠 쪽으로 몰아가고 있었어요. 이번에는 당신의 기도가 부족해서 그러니, 교회가 어때서 그러니, 목사님이 어때서 그러니, 아빠가 기도를 하지 않아서 그러니…… 그런 말은 한마디도 하지 않았어요. 결국 시경 오빠가 사탄이 되고야 만 거지요. 목사님도 시경 오빠가 저한테 불행을 가져다줄 것이라고 했다고 하니까, 진짜 사탄이 된 거죠. 저한테 뭐라고 하는 건 참을 수 있지만, 아무런 죄도 없는 시경 오빠 탓으로 몰고 가는 건 진짜 견딜 수가 없었어요. 그래서 뛰쳐나온 거예요. 아마 제가 그 자리에 있었다면 몸이 풍선처럼 부풀어서 결국 빵 터져버렸을 거예요.

그 뒤로는 몰라요. 제 몸속에 또 다른 누군가가 들어와서 저를 조종했어요. 세상에나, 제가 시외버스 터미널에 와 있더라고요. 첨에는 할머니를 떠올렸어요. 근데 안 계시잖아요? "그럼 어디로 가려고?" 하고 제 자신에게 물었죠. 전 대답했어요.

"누군가에게 괜찮아, 괜찮아, 그런 위로를 받고 싶어."

그러다가 선생님을 떠올렸어요. 근데 전 샘 전화번호를 몰랐어요. 그때 최근에 샘이 출간한 책 출판사를 떠올렸어요. 그걸 검색했죠. 그런 다음 그 출판사로 전화해서 샘 전화번호를 알아낸 거예요. 그리고 버스를 타고 시내를 빠져나오자 눈이 쏟아지기 시작했어요. 그때부터 마음속으로 흐르는 눈물의 강이 얼굴로 흘러나왔어요.

샘, 전 지금 어떻게 해야 할까요? 엄마의 말처럼 시경 오빠하고 헤어져야 하는 걸까요? 엄마가 "죽어도 못 헤어지겠니? 안 보면 죽을 것 같아?" 하고 물었어요. 전 "예" 하고 대답해버렸어요. 엄마가 웃더라고요. 거짓말이라고요.

"나도 사랑을 해봤지만, 사랑은 그렇게 영원하지 않아. 영원한 것은 영화나 드라마 속에서만 가능한 것이야."

엄마는 사랑이란 시간이 흐르면 다 색이 바래는 것이라고 했어요. 그래서 부부도 첨에만 사랑으로 살지, 몇 년만 지나면 '자식 때문에……' 혹은 '그냥 정 때문에……' 산다고 했어요. 전 모르겠어요. 다만 지금은 엄마의 말을 납득할 수 없을 뿐이에요. 왜냐면요, 제 성적이 하락하는 것이 왜 시경 오빠 탓인지 전 그걸 납득할 수 없거든요.

엄마는 벌써 시경 오빠를 두 번이나 만났어요. 시경 오빠도 저랑 헤어지자고 했어요. 만약 샘이라면 어떻게 하시겠어요? 샘, 대답하기 힘들면 안 하셔도 돼요. 늘 감사드리고…… 행복하세요. 저도 힘낼게요.

추신) 우연히 민수를 만났어요. 식당에서요. 민수가 닭갈비집에서 알바를 하더라고요. 잠깐 이야기를 했어요. 민수를 보자마자 그 이야기를 했어요. 저도 모르게 그렇게 되었어요. 민수는 절대 헤어지지 말래요.

"그건 니 자유야. 그걸 왜 엄마가 하라 마라 간섭해. 절대 꺾이지 마."

헤어지면서 민수가 참 좋은 놈이라는 생각을 했어요. 민수가 시경 오빠보다 더 좋은 놈이라고요. 잘생겼지, 키도 더 크지, 성격도 더 좋지, 더 긍정적이지, 배려심도 깊지……. 근데 왜 민수보다 시경 오빠가 좋을까? 왜 민수를 보면 좋아한다는 감정이 안 생길까? 오늘도 잠깐 그런 생각했어요.

★ 사랑스러운 아이

보낸 사람: 마법사 14.01.06 16:09

한 해가 저물어가는 어느 날 저녁에 너한테 연락이 왔어. 난 깜짝 놀랐지. 이런 경우 살아온 경험으로 보건대 좋은 일이 아니라는 건 쉽게 알 수 있었어. 너는 대뜸 "샘, 오늘 시간 있으세요?" 하고 물었어. 다른 자잘한 말을 생략하고는 본론부터 용감하게 끄집어내더라. 난 당황하면서 어디냐고 물었더니 근처에 와 있다고 하였어. 어, 근처라니? 난 너에게 우리 집 주소를 가르쳐준 적도 없거든. 허, 이놈 봐라. 난 다시 어디냐고 물었어.

"진짜 샘네 동네 근처라니까요. 샘, 그냥 꿈꾼다고 생각하고 잠깐만 저 만나주세요. 샘, 나오실 거죠?"

넌 우리 집에서 30분 거리에 있는 분당 시내에 있었어.

초등학교 4학년 때 그것도 잠깐 보았을 뿐이니까, 난 널 알아볼수 없었어. 내 생각보다 키가 크고 얼굴은 작고 눈이 맑아서 남자들에게 인기가 많겠구나 하는 생각을 하면서도 너무 말랐구나. 그런 안쓰러운 생각이 교차했어. 빨간 벙어리장갑으로 입을 가리고 말을 할 때마다 네 입에서 입김이 쏟아져 나왔는데, 우습게도 난떡시루를 떠올렸어. 왜 떡을 시루에다 찔 때 나오는 하얀 김이 그순간에 떠올랐는지 모르겠어. 아무튼 넌 내 예상보다 훨씬 사랑스러운 아이였어. 안타깝게도 네 표정이 너무 어두워서 오래 쳐다볼 수가 없었어. 그래서 내 식대로 따뜻한 국물 나오는 곳으로 가서, 너에게 묻지도 않고 주문했어. 넌 말없이 밥을 먹었어. 그리고 밖에 나가자마자 갑자기 울음보를 터트렸어. 난 너를 첨부터 줄곧 친구로 생각했기에 진심으로 안아줄 수 있었어.

"자, 샘 나왔다. 이제 어쩔래?"

넌 눈물을 닦고는 "샘, 고맙습니다. 그냥 왔어요. 그냥요. 샘 보고, 이렇게 한판 울면 다 풀리겠지 하고요." 그렇게 울어댔어. 줄줄줄 흑흑흑 엉엉엉……. 난 그저 가만히 널 바라다볼 수밖에 없었어. 난 웃는 것 못지않게 우는 게 좋다고 생각하는 사람이기는 해. 울고 싶을 때 실컷 우는 것만큼 좋은 게 있니? 근데 우리는 울음을 너무 부정적으로만 생각하기 때문에 쉽게 울 수가 없는 것이지. 일단 울면 사람들이 이상하게 보잖아? 우는 것도 웃는 것이랑 비슷한 형태의 감정표현일 뿐인데 말이야. 난 네가 울 수 있는 데까지 울어서, 네 마음속 응어리가 다 풀리기를 바랐어. 그래서 울음이 끝날 때까지 기다려준 거야. 한 시간이고 두 시간이고 아니 백 년이고 천 년이고 기다릴 생각이었어.

얼마나 흘렀을까? 네가 눈물로 범벅이 된 얼굴을 정리하고는 날 보았어.

"샘, 오늘은 집에 안 들어갈 거예요. 샘이 저를 꾸짖어도…… 연락도 안 할 거예요. 그러니 절 적당히 훈계할 생각은 마세요. 샘, 저 한심하죠?"

순간 머리가 복잡해졌어.

'이 녀석이 집을 나왔구나! 그렇다면 집에서 부모님이 많이 걱정할 텐데, 우선 전화라도 드려야 하는 게 아냐. 그리고 어떻게 해서든 잘 달래서 집에 들어가게 해야 하는 게 맞지 않나? 너도 딸을 키우는 부모잖아? 그렇다면 잠시도 망설여서는 안 되지.'

그렇게 나 자신에게 말을 하면서 널 보았어. 나는 왜 집을 나왔냐고 묻고 싶었어. 그런 다음 차근차근 달래서 너를 집에 보내고 싶었어.

그런데 막상 입을 열자마자 "무슨 일인지 잘 모르겠지만, 네 마음이 가는 대로 해라." 엉뚱하게도 그런 말이 튀어나오고야 말았어. 그러자 넌 돌연 눈을 크게 뜨고는 "샘은 저한테 늘 니 맘대로, 니 맘대로…… 그러셨어요. 그게 말이 돼요? 샘, 제 맘대로 할 수 있는 게 뭐가 있나요? 고등학생인 제가……, 아무것도 선택할 수 있는 권한도 없고……." 어, 그러면서 노려보더니 또 울어댔어. 그래도 나는 네 맘대로 해라, 하는 말밖에 할 수가 없었어. 그게 내 진심이었어. 예전에도 말한 것 같은데 난 아직까지 너에게, 내가 무슨 멘토 역할을 한다는 생각을 해본 적이 없어. 난 너에게 작가로서 혹은 부모로서 혹은 기성세대로서 무엇인가를 가르쳐줘야겠다는 생각을 가져본 적이 없어. 부끄럽게도 난 그럴만한 사람이 아니야. 난 그냥 너의 말벗이 되어주고 싶었을 뿐이야. 너희들이 흔히 말하는 그냥 그냥…… 살아가는 이야기 들어주고, 내가 살아가는 이야기를 너한테 들려주고 싶었어. 그랬을 뿐이야, 그냥. 물론 다른 어른들이 이 글을 보면 무책임하다고 하겠지. 어떻게 작가라는 인간이, 딸을 둔 인간이…… 허허, 괜찮아. 난 어른들 욕은 아무리 들어도 괜찮아.

어쨌든 나는 널 친구로 대했기 때문에 "우리 집으로 가자"하고 말했던 거야. 그게 쉬운 결정은 아니었어. 아내랑 딸이 외국여행 중이라 집에는 나 혼자뿐이었거든. 그래도 난 널 친구로 대했기 때문에 마음이 편했어. 네가 우리 집에 와서 재잘거리는 걸 보고 기뻤어. 난 네가 지금 처해 있는 어떤 상황들을 다 잊어버리고 그저 하룻밤 편안하게 지내다 가기를 바랐어. 가끔 그게 필요하거든. 골치 아픈 일들을 다 잊어버리고 일정 시간을 무의식으로 보내는 것. 널 그렇게 해주고 싶었어. 고맙게도 그런 기적이 일어난 거야. 네가 밖에 나가서 느꼈던 그 시간과 풍경들…… 그건 기적이야. 앞으로 살아가다가 힘든 일이 있을 때마다 그날 밤 기억을 떠올리면 넌 엄청난 위안을 받을 수 있을 거야. 그래서 난 네 걱정 하나도 안 했어. 집에 가서도, 부모님이랑 잘 풀 거라고 생각했어. 해인아, 힘내라. 너도 행복해라.^^ ♡♡♡

불쌍한 나를 위해
열심히 살 거야

14

★ 아프고 힘겨운 비밀이 생겨버렸어요

보낸 사람 : 몽상가 14.01.09 03:22

지금까지는 늘 긍정적으로 생각했고 저를 납득시킬 만큼 무슨 일이든 최선을 다했고, 그러면 어느 정도 만족스러운 결과에 도달했고, 그렇게 앞날을 어느 정도 예측하면서 살아왔어요. 전 그렇게 살아왔다고 믿어요.

샘 근데……

아……

………@#$%……

전혀 앞날을 예상할 수 없는 일이 일어나고야 말았어요. 지금까지 살아오면서 혹은 먼 미래를 생각하면서 한 번도 예상하지 못했던 그런 일이 현실이 되어버렸어요. 그 어떤 지혜, 그 어떤 마법, 그 어떤 꼼수를 부려도 해결할 수 없는 일이에요. 모르겠어요. 신이 있다고 해도 해결할 수 없을 거예요. 그런 엄청난 비밀이 생겨버렸어요. 엄마한테도, 아빠한테도, 동생한테도, 친구들한테도, 그리고 샘한테도 털어놓을 수 없을 정도로 아프고 힘겨운 비밀이 생겨버렸어요. 샘, 너무 아파요. 힘들다기보다 아파요. 아파서 잠을 이룰 수가 없어요. 샘, 오늘은 더 이상 쓸 수가 없어요. 아, 정말 모르겠어요.

★ 비밀을 안고 사라져버린 현숙이
보낸 사람 : 마법사 14.01.11 00:09

나한테도 말할 수 없고 부모님에게도 말할 수 없는 비밀이라니?

내가 고등학교에 다닐 때 우리 집 근처에 먼 친척이 살고 있었어. 그 집에는 나보다 두 살 아래 현숙이라는 아이가 있었어. 나는 현숙이 아버지를 아재라고 불렀고, 어머니를 숙모라고 불렀어. 현숙이는 나를 오빠라고 하면서 잘 따랐어. 녀석은 학교 육상부였고 소년체전에 나가서 메달을 땄을 정도로 유망주였어. 그 집에 가면 현숙이가 타온 각종 트로피가 거실에 가득 차 있었고, 벽에 걸린 액자마다 녀석이 힘차게 달리는 모습이 들어 있었어. 아재 내외가 워낙 겸손한 분들이라서 내놓고 자랑하지는 않지만 현숙이는 큰 자랑거리이자 희망이었어.

현숙이는 내 자취방에 자주 놀러왔는데, 우리는 연예인 이야기를 재잘재잘 씹어대면서 재미있게 시간을 보냈어. 그런데 어느 날부턴가 녀석이 달라졌어. 아, 날 보고도 웃지도 않고 말도 잘 안 하고 그랬어. 한번은 숙모님이 찾아와서 현숙이한테 무슨 일이 있는 것 같다고 나한테 말을 잘해서 알아보라고 하였어. 학교 육상부도 탈퇴했대. 무슨 일이냐고 아무리 물어도 입을 꾹 다문 채 대답을 안 한다는 거야. 나는 이성문제일 것이라고 확신하였어. 현숙이를 따라다니는 남자가 많았거든. 그런데 내가 아무리 캐물어도 현숙이는 말하지 않았어. 그러고는 날마다 〈사의 찬미〉 같은 노래만 불러대고 죽음에 대한 시만 외우고 다녔어.

"막막한 광야를 달리는 인생아, 너는 무엇을 찾으러 왔느냐. 이래도 한세상 저래도 한세상, 돈도 명예도 사랑도 다 싫다⋯⋯."

그런 노래를 청승맞게 부르고 다닌다고 생각해봐. 그냥 입만 열면 그 노래가 흘러나왔으니까.

그러더니 어느 날 종말론을 부르짖는 사람들이랑 내 자취방에 나타나서 이 세상은 곧 망할 테니까 그 준비를 해야 한다고 떠들어댔어. 이십 대 후반으로 보이는 여자도 있었는데 제법 미인이었고 이십 대 초반으로 보이는 뚱뚱한 남자도 있었고, 삼십 대 중반으로 보이는 여자도 기억나는데 몸에서 은단 냄새가 토할 정도로 심하게 풍겼고, 그중 나이가 가장 들어 보이지만 정확하게 나이를 가늠할 수 없는 남자를 그들은 목사님이라고 떠받들었는데, 그 사람은 섬뜩할 정도로 빨간 십자가를 가슴에서 끄집어내고는 나를 쳐다보는데, 하마터면 비명을 지르면서 달아날 뻔했어. 그들은 나한테 어서 신의 품으로 들어오라고 하였어. 공부고 돈이고 다 부질없는 짓이라고 하면서, 내가 자기들 신을 믿지 않으면 저주가 내릴 것이라고 무시무시하게 협박했어. 진짜 무서웠어. 그들은 꿈속까지 나타나서 나를 강제로 데려가려고 하였어.

그들이 가고 나서 내가 현숙이를 불러 앉혀놓고 다그쳤더니 "오빠는 상상도 할 수 없는 비밀이 있어!" 뭐 그런 식으로 말하면서 울어댔어. 난 화가 났어. 맨날 내 앞에 와서 죽음 어쩌고 종말 어쩌고 하는 꼴을 더 이상 봐줄 수가 없더라고. 심지어 자기는 스무 살까지만 살고 죽겠다는 둥 비구니나 수녀가 되고 싶다는 둥…… 실은 나도 골치 아파 죽겠는데, 나야말로 하루하루가 죽음 같은 시간을 가까스로 버티고 있는데, 이 녀석이 와서 시한부 삶을 사는 사람처럼 말을 하니까 견딜 수가 없더라고. 그래서 마구 욕을 퍼부어버렸어.

"이년아, 이 미친년아……"

그러면서 내가 어떻게 학교생활을 하고 있는지, 진짜 쪽팔렸지만 다 얘기해버렸어.

"야 이년아, 난 그래도 산다. 그런데 니년이 대체 뭔 일이길래……."

그랬더니 현숙이가 "오빠, 미안해, 미안해……" 하면서 울더라고.

"오빠, 그치만 그딴 건 아무것도 아냐. 학교에 책 못 읽고, 공부 꼴등하고 그딴 건 아무것도 아니라고! 난 말이야, 난 말……아…… 난 미래가 없어. 이제 누군가를 사랑할 수도 없고……."

"그게 뭔 말이야? 제발 말 좀 해. 그래야 도와주지."

"도움 따윈 필요 없어. 이것도 운명이야!"

그러고는 다시 입을 닫아버렸어.

그 뒤로도 몇 번이나 현숙이를 불러다가 다그치기도 하고, 포장마차로 데려가서 술을 먹이기도 했지만 이것이 말을 안 해. 그러더니 결국 그해 겨울 어디론가 사라져버렸어.

"엄마 아빠 죄송해요. 저를 찾지 마세요……."

뭐 이런 편지 한 통 남겨놓고는 어디로 가버렸는지 알 수가 없었어. 아재는 경찰에 신고를 하였어. 경찰이 수사를 해서 새로 밝혀진 게 있다면 현숙이가 합숙훈련을 하다가 선배한테 성추행을 당했다는 사실이야. 하지만 그 이상은 밝혀지지 않았어. 그 사건이 현숙이한테 충격을 준 것은 분명하지만, 그렇다고 그 일 때문에 현숙이가 알 수 없는 비밀을 품고 어디론가 사라져버렸다고 단정 지을 수도 없다고 경찰이 말했대. 분명한 것은 현숙이가 임신을 한 것도 아니었고, 성추행을 당한 뒤에 신체적인 아픔을 호소하며 병원에 간 적도 없다는 사실이야. 현숙이가 말을 하지 않으니까 알 수가 없는 것이지. 지금까지도 현숙이는 돌아오지 않고 있어. 아재랑 숙모는 지금도 현숙이를 찾기 위해서 애를 쓰고 있어.

해인아, 내가 이 이야기를 왜 하는지 모르겠구나. 다만 너에게 찾아온 비밀이 아무리 엄청나다고 해도 혼자 끌어안고 해결하려 고 하지 말고 그 비밀을 이해해줄 사람을 찾았으면 좋겠어.

그 어떤 비밀이든 사람일인지라 반드시 그것에 공감하는 이들 이 있기 마련이거든. 그런 사람은 멀리 있는 게 아니라 항상 주위 에 있다는 것도 명심해라.

15

★ 시경 군의 오해?

보낸 사람 : 마법사 14.01.15 20:15

오늘 박시경 군한테 전화를 받았다.

"안녕하세요, 이시우 작가 선생님이지요? 저는 해인이 남자 친구 박시경이라고 합니다. 해인이⋯⋯."

시경 군의 목소리는 몹시 떨리고 있었어.

"선생님, 제가 왜 전화를 드렸는지 아시죠? 이, 아실 텐데⋯⋯요. 해인이가 선생님한테 살짝 언급을 했다던데요. 말 못할 비밀이 생겼다고요. 아직 어린 여자가 그 정도 말했다면 다 말한 것이나 다름없다고 생각하는데요. 예에, 임신했습니다. 그래도 제가 왜 전화를 드렸는지 모르겠어요?"

시경 군의 입에서 임신이라는 말이 나오자 뭐라 말해야 할지 당황스러웠어.

어느새 시경 군의 목소리는 거칠어져 있었어.

"에이, 씨발 졸라…… 내가 정말 해인이 부탁만 아니면…… 진짜…… 아하, 진짜 미쳐버리겠네, 이걸 참으라니! 진짜 지금 내 눈에 선생님이 보인다면…… 아 졸라, 내 진짜 가만두지 않을 겁니다. 제 심정이 이래요. 해인이가 하도 간절히 부탁해서……. 근데, 아직도 모르겠어요?"

나는 간신히 가슴을 달래고 무슨 말인지 모르겠으니 자세히 말을 하라고 하였지.

"에이, 씨발 진짜…… 존나 비겁하네요. 선생님, 제가 확 터트려버릴까요? 선생님도 인터넷에서 이름만 검색하면 뜨는 나름 유명한 분이시대요. 저서도 50권이 넘고요. 소설이 교과서에도 수록이 되었고요. 그런 분이 이러시면 됩니까? 제가 한 방만 SNS에다 터트리면 선생님은…… 이야, 진짜 재밌는 뉴스네요. 유명 작가가 자기 딸 같은 아이를 강제로 성폭행하여 임신…… 진짜 그래볼까요? 제가 해인이 때문에 참는 거지, 진짜 어젯밤에 그 이야기를 들었을 때만 해도 당장 출판사 몇 군데다 올려버리고……."

상황이 그렇게 되었더구나. 처음에는 하도 황당해서 말도 안 나오고, 이걸 어쩌나 하는 생각에 눈앞이 캄캄해지기도 하였어. 나는 뭔가 오해가 있는 것 같다고 하였어. 그러자 시경 군이 버럭 화를 냈어.

"진짜 말로 해서는 안 되겠구만! 좋아요. 원하는 대로 해드리죠!"

시경 군이 전화를 끊자 한동안 어지러워서 움직일 수가 없었어. 도대체 이게 무슨 날벼락인지…… 그냥 머리가 멍했지. 분명한 것은 해인이 네가 임신을 했다는 사실이야. 그런데도 난 널 걱정할 여유가 없었어. 상황이 그렇게 된 거야. 네 전화기는 꺼져 있었고…… 나는 네 학교도 모르고, 주소도 모르고. 그러니 내가 할 수 있는 게 아무것도 없더라고. 오직 시경 군의 전화를 기다릴 수밖에는 방법이 없었어. 불안해서 우황청심환을 한 병 먹고 인터넷을 검색하여 혹시 나에 대한 이상한 이야기가 떠돌지 않나 긴장하기도 했어. 나는 연예인이 아니니까, 유명인사도 아니니까 그럴 리는 없겠지, 하는 생각을 하면서도 나도 모르게 실시간 검색어를 몇 분 간격으로 계속 보기도 하였고, 내 책이 출간된 출판사 홈페이지에 들어가서 불안하게 들여다보기도 하였어.

2시간쯤 뒤에 시경 군한테 다시 전화가 왔어.

"우리 해인이가 극도로 불안해서…… 씨발, 선생님은 양심도 없으십니까? 이러지 마세요. 죄받습니다. 그날 밤에 선생님 집에서 같이 잤다면서요? 아무도 없는 집에서 둘이 잤다면 뻔한 거 아닙

니까? 제 성질 같아서는…… 다 죽여버리고 나도 죽어버리고 싶은
데…… 해인이가…… 제가 아까 선생님한테 전화했다고 죽는다고
한바탕 난리치는 것을 이제 간신히 달래놓고…….”

나는 한참 이야기를 듣다가 낮게 말했어.

“시경 군, 나하고 해인이는 그런 사이가 아니라네. 그건 해인이
랑 같이 만나면 다 풀리는 것이니까, 일단 같이 보세. 그래서 내가
도울 수 있는 건 돕겠네.”

그랬더니 시경 군이 신경질적으로 전화를 끊었어.

30분 뒤에 다시 시경 군한테 전화가 왔어. 시경 군은 해인이가
조용히 문제 해결을 원한다는 거였어.

“진짜 제가 참을 수 없지만…… 해인이를 생각해서…… 안 그러
면 해인이랑 헤어져야 하는데요. 저도 그러려고 했는데 그게 맘대
로 안 됩니다. 그래서 해인이 의견을 존중하여 조용히 해결하려고
합니다. 해결방법은 뻔하잖아요? 아이를 낳을 수도 없고, 수술 받
으려고요. 그러려면 돈이 필요하고요. 100만 원만 보내주십시오.
그럼 다 끝낼게요.”

나는 일이 점점 더 이상하게 꼬여가고 있다고 생각했어. 나는
시경 군한테 만나자고 했지.

그로부터 1시간 뒤에 시경 군한테 문자가 왔을 땐, 차를 타고 고
속도로를 달리고 있었어. 시경 군의 통장번호가 적혀 있더군. 나는

다시 약속 장소를 문자로 보내고 통화를 시도했지만 시경 군도 전화를 받지 않았어. 약속 장소인 주민자치센터에 도착해서 4시간이나 기다리면서 10분에 한 번씩 통화를 시도했지만 받지 않았어. 결국 되돌아올 수밖에 없었어. 물론 너한테도 수십 번 아니 수백 번이나 전화를 걸었지만…….

해인아, 이 메일을 보거든 꼭 연락을 해다오. 알았지?

★ 길고 긴 하루
보낸 사람 : 마법사 14.01.16 00:09

오늘 하루가 몹시도 길구나. 시경 군한테도 연락이 없고, 너한테도 연락이 없구나. 이게 대체 어떻게 된 거지? 꼭 꿈을 꾼 것 같기도 해서…… 차라리 꿈이었으면 좋겠다고 중얼거리기도 했어. 내가 상상할 수 있는 모든 경우의 수를 다 떠올려보았어. 어쨌든 그 어떤 상황을 떠올리든 지금 이 순간에 가장 힘들 사람은, 해인이 너야. 그래서 더욱 이번 일이 안타깝고 널 만나고 싶어졌어. 그래야 내가 도와줄 게 아니니?

16

★ 선생님 잘못했습니다

보낸 사람 : 몽상가 14.01.18 22:11

선생님, 죄송합니다. 잘못했습니다. 어쩌다가 여기까지 와버렸
는지……. 샘께 이래서는 안 된다는 걸 알면서도 그걸 막지 못했
습니다. 샘께 너무나 큰 잘못을 저지르고야 말았습니다. 샘, 정말
잘못했습니다. 잘못했습니다. 잘못했습니다……. 당장 샘을 만나
뵙고, 용서 빌고 벌을 받아야 하지만 지금은 그럴 수가 없습니다.
지금 메일을 쓰는데 자꾸만 손이 떨려서 힘듭니다. 그래도 오늘은
꼭 샘께 메일을 써야겠다고 마음먹었습니다. 오늘 못 쓰면 앞으로
도 영영 못 쓸 것 같았습니다.

한 10일 전부터 몸이 이상해졌습니다. 생리가 멎고, 자주 머리가 아프고, 헛구역질이 나오고요. 시간이 갈수록 헛구역질은 더욱 심해져서 아예 밥을 먹을 수가 없었어요. 임신이죠. 그걸 가장 걱정했는데…… 그렇게 된 거죠. 갑작스러운 몸의 변화에 전 쩔쩔매면서 허둥거렸어요. 잠을 자면서도 "어떡하지, 어떡하지……"하고 중얼거렸어요. 첨엔 엄마한테 말할까 했다가 급하게 머리를 흔들어댔어요. 안 그래도 시경 오빠 때문에 사이가 안 좋은데, 제가 임신을 했다고 하면…… 아, 상상조차 할 수 없을 정도로 끔찍해요. 물론 샘도 떠올렸지만 차마 말을 할 수가 없었어요. 샘한테는 못할 말이 없을 줄 알았는데…….(이런 일이 생겨버렸네요)

저는 며칠간 끙끙 앓다가 시경 오빠한테 사실을 털어놓았어요. 그러자 오빠가 깜짝 놀란 표정을 지으며 "너 설마 그 작가 선생님하고……"하고 절 쏘아보는 거예요. 전 오빠가 그런 반응을 보이리라고는 전혀 예측을 못했기 때문에 너무 황당해서 제대로 말을 못했어요.

"너 그때 작가 선생님 집에서 하룻밤 잤다면서……."

저는 가슴을 두드리면서 아니라고 했어요. 오빠는 더 눈을 크게 떴어요.

"그럼 누구니? 그놈이냐? 민수? 아님 딴 놈?"

저도 화가 났어요.

"오빠, 그딴 식으로 말하지 마. 오빠한테 책임지란 말 안 할 테니까, 그딴 식으로 말하지 말라구! 내가, 나 혼자 알아서 할 거야!"

저도 모르게 그렇게 말해버렸어요. 사실 그런 생각은 한 번도 안 해봤거든요. 저 혼자 뭘 어떻게 알아서 합니까? 헛구역질을 할 때마다 앞으로 어떻게 해야 할지 눈앞이 캄캄해지고 배가 아프고 머리도 아파옵니다. 제 몸과 생각 그 모든 것들이 다 쥐가 나버린 것 같은데요. 저 혼자 어떻게…… 아, 무섭고 겁이 나요.

그래도 시경 오빠를 힘들게 하고 싶지 않았어요. 만약 제가 시경 오빠의 고통까지 다 안고 갈 수 있다면 그렇게 하고 싶었어요. 그런 제 맘이 통했는지 고맙게도 오빠가 절대 절 혼자 두고 도망치는 비겁한 짓은 하지 않겠다고 하였어요.

"해인아, 미안. 난 그런 뜻으로 말한 게 아니고, 네가 임신한 상황이 이해가 되지 않아서 그래. 정말 난, 난, 나나 난 말이야, 실수한 것 같지 않거든. 제대로 피임을 한 것 같은데……. 그래서 누굴 의심한 것이고……."

그제야 전 오빠의 말을 이해한다고 했어요.

타투 하던 날 저녁이 떠올랐어요. 그날 시경 오빠네 집에 갔었거든요. 그날 오빠랑……. 제가 거부하자 오빠가 실망했다고 하더라고요. 사랑하는 사이면 당연히 키스도 하고, 서로 몸을 만지고 부비고 그렇게 섹스도 하는 게 아니냐고요. 그게 뭐 이상하냐고요. 저도 그 정도는 알고, 제가 사랑하는 사람이랑 자연스럽게 섹스도 하게 될 것이라고 생각하면서 나름대로 마음의 준비를 해둔 상태였어요. 저도 그게 나쁘다고 생각하지 않았어요. 솔직히 저도 오빠랑 섹스를 하고 싶었어요. 다만 임신이 두려웠지요. 너무 갑작스러운 일이라 저도 피임약도 준비를 하지 못한 상태였고요. 그래서 거부하자, 그럼 헤어지자고 하더라고요. 그럼 콘돔을 준비하라고 했더니, 오빠가 자기는 첨이 아니니 걱정하지 말라고 하더라고요. 저는 첨이 아니라는 말이 오히려 더 반갑더라고요. 전 모든 걸 오빠한테 맡겼어요. 그리고 괜찮았어요. 그 뒤로도 오빠네 집에서 몇 번…… 전 계속 불안해서 콘돔을 하라고 했지만 오빠는 괜찮다고…… 그래서 불안했지만 오빠를 믿었지요. 그게 결국은 이렇게 되고야 말았지만 그건 제 잘못도 크다고 생각해요.

어쨌든 전 오빠한테 다시 한 번 말했어요.

"사실 오빠가 선생님 이야기를 할 때는 몹시 불쾌했어. 오빠가 그런 생각을 했다는 그 자체가 너무 불쾌해. 오빠가 선생님을 계속 의심하면 난 오빠 앞으로 못 봐. 그냥 헤어져. 책임지란 말 안할 테니까……."

"해인아, 미안해. 너한테 사과할게. 첨에는 진짜 의심했지만…… 곧 그게 아니라는 걸 알았어. 그 선생님한테도 사과를 할게. 하지만 지금은 아냐. 일단 지금은 더 큰 문제를 해결해야 해. 그래서 선생님한테 도와달라고 한 거야. 현실적으로 낙태하려면 많은 돈이 필요해. 낙태하고 난 뒤로도 며칠 링거도 맞아야 하고. 그래서 도와달라고 한 거야."

샘, 저는 또 오빠 말을 믿었어요. 그래서 시경 오빠가 선생님께 정직하게 말씀드리고 도와달라고 한 줄 알았어요. 그런데 어제 오빠가 술을 마시고 와서 샘을 마구 욕할 때…… 제가 또 어리석었다는 걸 알았어요.

"오빠, 사실대로 말해줘. 선생님한테 뭐라고 말한 거야?"

그러자 오빠가 사실 그대로 말했어요. 사실대로 솔직하게 말하면서 부탁하려고 했지만 그러면 돈을 주지 않을 것 같았다고요.

"오빠, 그렇다고……."

"해인아, 미안. 하지만 어쩔 수 없었어. 널 끔찍하게 아낀다고 하니까, 그렇게 하면 틀림없이 돈을 보내줄 거라고 생각했거든……."

"오빠, 내가 알아서 할게. 오빠는 더 이상 신경 쓰지 마. 내가 낙태를 하든 어쩌든 할게……."

저는 너무 힘이 들어서, 말하는 것도 힘이 들어서 그 정도로 말하고 일어섰어요.

어떻게 집까지 왔는지 몰라요. 다행스러운 것은 식구들 그 누구도 나를 신경 쓰지 않았다는 거죠. 그게 고마우면서도 쓸쓸했어요. 은근히 누군가에게 제 비밀을 들켜버리고 싶었거든요. 차라리 그게 편할 것 같았어요. 그럼 어떤 식으로든 정리가 될 테니까요. 샘, 앞으로 어떻게 할지 모르겠어요. 제 미래가 이렇게 불확실하고 자신 없어 보기도 처음이에요.

샘, 다시 한 번…… 죄송합니다.

★ 아기를 부를 수가 없어요
보낸 사람 : 몽상가 14.01.25 02:14

선생님 안녕하세요? 일주일 전에 메일을 써놓고도 보내지 못했어요. 막상 보내려고 하니까, 가슴이 답답해지고 눈물이 쏟아져서 보낼 수가 없었어요. 오늘은 보낼 수 있을지 모르겠어요. 제가 샘께 메일을 보낼 수 있도록 힘을 주세요…….

전 시경 오빠를 믿고, 오빠가 하자는 대로 하고 있어요. 선생님께 엄청난 죄를 지었지만 그래도 전 시경 오빠를 의지할 수밖에 없어요. 모르겠어요. 이런 게 사랑이라는 건지. 아무튼 아무리 미워하려고 해도 막상 오빠를 보기만 하면 그런 맘이 사라져버려요.

전 아직도 오빠를 생각만 해도 좋고, 옆에 있기만 해도 두근거려
요. 그런 마음은 영원히 잃고 싶지 않아요. 샘, 저 한심하죠? 샘께
그토록 무례하게 군 오빠를, 제가 그렇게 사과를 하라고 했는데도
하지 않는 사람을…… 저도 모르겠어요. 오빠를 좋아하는 마음은
어떻게 할 수가 없어요. 그래서 오빠를 믿고 따르기로 한 거예요.
제가 가장 좋아하는 사람이니까요. 많은 고민을 했어요. 제 몸으로
들어온 것(샘, 아기라는 말을 쓸 수가 없어요. 그 말만 쓰면 울렁거리고 슬
퍼지고 무서워지고……)을 사회복지단체 같은 곳을 찾아가서 낳을까
하는 생각도 했지만, 어차피 키울 수 없는 것 더 큰 상처를 받을
수 있다는 오빠의 말을 따르기로 했어요.

　저는 약을 먹고 있어요. 오늘이 사흘째에요. 오빠가 미국에서 구
한 약이래요. 2주 정도 약을 먹으면 모든 게 다 정리가 된다고 하
니까, 모든 거 다 잊고 악착같이 먹고 있어요. 집에서 눈치챌까봐
낮에는 독서실 1인실에서 지내고 있어요. 저도 수술만은 하고 싶
지 않았는데 그나마 다행이에요. 샘! 샘은 제가 낙태하는 거에 반
대하시죠? 알아요. 샘은 이미 저와 비슷한 여고생 이야기를 다룬
소설도 쓰셨잖아요? 저도 그 생각 많이 했어요. 그 책에서는 주인
공이 낙태를 하지 않지요? 하지만 그런 일은 소설 속에서나 가능
한 일 같아요. 수많은 가능성을 염두에 두고 온갖 고민을 다 했어
요. 그러다가 결국은 제가 살아야겠다는 생각이 들었고요. 그러기

위해서는 이 방법이……. 샘, 만약 이것 때문에 제가 죄를 받아야 한다면요, 기꺼이 받아들이겠습니다. 그런 마음으로 이 결정을 내렸어요. 샘, 저를 용서해주세요. 그냥 샘께는 용서를 빌고 싶어요. 얼굴도 아무것도 모르는 그것 대신 샘께 용서를 빌고 싶어요.

 ……샘, 어제 하도 힘들어서 편지를 마무리하지 못하고, 오늘 다시 이어서 써요. 너무 힘들어요. 제 몸이 녹아내리는 것 같아요. 하루 종일 졸립기만 하고 아무것도 먹을 수가 없어요. 겨우 물만 몇 모금 마실 뿐. 가만히 있을 때는 침을 질질 흘리고요. 아무런 의욕도 없어요. 가끔씩 비명을 지르고 않고서는 참을 수 없는 고통이 밀려오기도 해요. 그때마다 책을 물고 떼굴떼굴 굴러요. 어서…… 제 몸이 다 녹아버려도 좋으니까 어서, 끝났으면 좋겠어요.

★ 내가 필요하다면 언제든지 연락해라

보낸 사람 : 마법사 14.01.26 00:09

 해인아, 네 편지를 받고 가슴이 아파 아무것도 할 수가 없었어. 넌 나에게 아주 특별한 친구잖아? 내가 가장 마음이 아픈 것은, 네가 낙태를 하기로 결정했다는 것이 아니라 내가 아무런 도움을 줄 수 없다는 사실 때문이야. 그래서 차라리 시경 군이 요구할 때 돈을 부쳐줄 걸, 그래버릴 걸, 그런 후회도 했어. 나 역시 지금은 네 뱃속으로 들어온 그것, 그것에 대해서는 생각할 여유가 없구나. 다만, 네가 먹는다는 약이 불안하구나. 더구나 낙태시키는 약이라니? 그런 약이 있을까? 난 처음 들었어. 우리 어머니 세대에는 가끔 민간요법으로 낙태시켰다는 말을 듣기는 했지만, 엄청난 부작용이 따랐다고 하더구나. 그러니까 의사의 진단을 받고 먹어야 할 것 같아. 지금이라도 병원에 가서 의사의 정확한 진단을 받았으면 해. 그 약이 무슨 약인지 몰라도, 자칫 네 몸을 망가트릴 수 있어. 네가 힘들면 내가 동행할 수 있으니까, 언제든지 연락해. 내가 모든 가능한 방법을 찾아볼게. 제발 그랬으면 좋겠구나.

17

★ 일주일만 참으면

보낸 사람 : 몽상가 14.01.28 13:35

선생님, 여기는 독서실입니다. 그 약을 먹은 6일째. 제발 어서
끝났으면 좋겠는데……. 저한테 내리는 벌이려니 하고 참아내려
고 하지만…… 어제부터는 너무 힘들어서 진통제를 먹고 있어요.
그리고 이제야 알겠어요. 무엇인가를 책임진다는 것이 어떤 의미
인지, 그중에서 여자의 몸속으로 들어온 그것을 책임진다는 것이
어떤 의미인지, 이런 고통을 이겨내고 저를 낳았기에 엄마가 저한
테 그토록 집착했다는 것도요. 어젯밤에는 엄마를 부르려고 침대
에서 구르다가 방문을 열었어요. 근데 막상 엄마를 부르려고 하니

까 입술이 떨어지질 않아요. 일주일만 지나면 서서히 고통이 없어
진다니까, 이제 며칠만 참으면 되는 거겠지요. 그런 마음으로 버티
고 있었어요. 어느 책에선가 옛날 여자들이 임신을 하면 이가 망
가진다는 말을 들었는데 이제 알겠어요. 이상하게도 몸과 마음이
힘들어지니까 그 고통이 입으로만 몰려들더라고요. 그래도 독서
실에 나오면 긴장을 해서 그런지 집에 있을 때보다는 고통이 덜해
요. 샘, 넘 걱정 마세요. 잘될 겁니다. 그리고 다시 한 번 죄송하다
는 말, 꼭, 꼭, 꼭 전하고 싶습니다.

★ 샘, 넘 아파요
보낸 사람 : 몽상가 14.01.28 14:17

샘, 오늘은 다르네요. 아…… 대체 고통이란 뭘까……? 샘, 조금
전에는 너무 배가 아파서…… 진통제를 먹어도 순간뿐이고……
해서 책을 입에 물고 구르다가 손으로 바닥을 마구 긁어댔어요.
생손톱이 빠지도록 긁어댔어요. 차라리 손톱이 빠져버렸으면 좋
겠어요. 그럼 고통이 손톱으로, 아니 손가락으로 내려갈지도 모르
잖아요? 샘, 이제 한계에 온 것 같다는 생각이 들어요. 제 힘으로
더 버티기에는…… 그렇다고 여기서 쓰러질 수는 없어요. 여기서

쓰러지면 독서실 사장님이 119 구급차를 부르겠지요. 만약 병원에 가야 한다면…… 제 스스로 가고 싶어요. 그게 제 마지막 남은 자존심이라고나 할까요. 아직 어린 것이 이런 일로 119에 실려 간다는 것을 저는 받아들일 수가 없어요. 그래서 죽을 것 같은 아픔도 참았어요. 근데…… 근데…… 이제는…… 도저히…….

★ 샘, 도와주세요!
보낸 사람 : 몽상가 14.01.28 14:55

샘, 방금 전에 샘한테 전화 드렸는데…… 샘, 제발 도와주세요. 샘이 달려와서 저를 안고 고통이 없는 곳으로, 제 몸이 녹아버려도 좋으니까, 제발 그런 곳으로…… 그때 샘네 집에 갔을 때 느꼈던 그 영원 같은 시간 속으로 사라져버렸으면 좋겠어요. 샘, 왜 전화를 안 받으세요?

★ 민수를 불렀어요

보낸 사람 : 몽상가 14.01.28 15:19

샘이 전화를 안 받아서 엄마를 부르려고 했는데…… 샘, 제가
절 맘대로 할 수 없어요. 제 손이 민수한테…… 이 상황에서는 왜
민수가 떠올랐는지 모르겠어요. 아마도 민수가 부모님보다 시경
오빠보다 더 편했나 봐요. 그럴 수가 있을까요? 근데 막상 민수가
오자 고통이 조금 가라앉더라고요. 민수가 병원 가자고 했고, 전
안 간다고 했어요. 민수가 병원에 가지 않는 이유, 그럴 수밖에 없
는 상황을 납득시키래요. 안 그러면 강제로 데리고 가겠다고요. 그
래서 다 얘기해버렸어요. 이상하게도 다 말하고 나니까 울음이 나
왔어요. 민수가 저를 꼭 안아주더라고요. 그런데도 민수는 저랑 시
경 오빠한테 한마디도 하지 않았어요. 그놈이 고마운 만큼 미안해
지기도 하고 그러면서도 의지하고 싶고, 샘 이래도 되는 건가요?
전 민수한테 해준 게 아무것도 없거든요. 그놈을…….

★ 친구 애인이랑 산부인과에 갔을 때……

보낸 사람 : 마법사 14.01.28 17:02

미안하다, 해인아. 오늘 아침에 갑자기 초님이 소식을 듣고 만나러 가는 길이다. 그 친구가 제주도에 있거든. 나를 꼭 보고 싶어 한다고 해서 모든 일정을 취소하고 나섰지만 비행기 표를 구하지 못해서 이제야 제주에 왔어. 워낙 급하게 나오는 바람에 핸드폰 배터리도 확인하지 못했구나. 어쨌든 어렵게 배터리를 충전하여 전화를 했더니 이번에는 네가 받지 않는구나. 무슨 일이 생긴 건 아니겠지?

네가 민수 군의 도움을 받았다니 안심이 되는구나. 민수 군은 친구니까, 괜찮아. 때론 애인보다 친구가 더 편할 수가 있어. 친구의 가슴에 안겨 울 수 있다는 것, 그 자체만으로도 넌 행복한 거야. 그 자체만으로도 넌 나름대로 잘 산 거야. 이제 민수 군의 도움을 받아 병원에 가기를 바란다. 돈이 필요하면 언제든지 나한테 연락해. 그리고 꼭 민수 군이랑 병원에 가봐. 민수 군한테 정직하게 말하고 도움을 청하면 돼. 쉽지 않겠지만 진짜 친구라면 널 데리고 용기 있게 병원에 갈 수 있을 거야. 난, 믿어. 나도 그런 적이 있으니까.

내가 고3 때였어. 나랑 가장 친했던 친구 윤식이가 여름방학을 앞두고 어디론가 증발을 해버렸어. 나는 친구를 찾으려고 녀석의 고향 마을까지 찾아갔는데, 녀석의 동생이 살짝 언급을 하더라고.

"우리 형이 친구들이 찾아오면 당분간 찾지 말아달라고 했어요. 그냥 그렇게만 전해달라고 하더라고요. 저도 자세한 것은 몰라요."

자취방으로 되돌아오자 윤식이 애인이 기다리고 있었어. 윤식이랑 같이 자주 봤기 때문에 낯익은 얼굴이었어. 그녀는 나한테 윤식이에 대해서 묻지 않았어. 내가 궁금하지 않느냐고 묻자 갑자기 울더라고.

"아니, 하나도 안 궁금해. 비겁한 자식! 내가 지옥까지 쫓아가서 죽여버리려고 하다가⋯⋯."

그러고는 계속 울어댔어. 난 어쩔 줄 몰랐어. 사실 그녀는 내 친구의 애인이었을 뿐 나하고는 아무런 인연이 없었어. 그러니 손수건 한 장 휴지 한 장 맘대로 줄 수가 없었어.

"나 너한테 부탁이 있어서 왔어. 이런 부탁을 너한테 할 줄은 몰랐는데⋯⋯ 어쩌야 하나, 어쩌야 하나⋯⋯ 그냥 걷다 보니 여기까지 와 있더라. 물론 어려울 거라는 거 알아. 하지만 꼭 들어줬으면 좋겠어. 만약 네가 안 들어주면⋯⋯ 난 더 이상 부탁할 사람이 없어. 네가 윤식이 친구라서 이런 부탁 하는 거 아냐. 그냥⋯⋯ 그냥⋯⋯ 딱 한 번만 좋은 일 한다고 생각하고⋯⋯."

그녀는 임신을 했다고 하였어. 윤식이는 그 사실을 알자마자 도

망을 쳐버린 것이지.

근데 내가 죄인이 된 것 같더라고. 난 그녀의 손목 한 번 잡아보지 않았는데 뱃속에 든 아이가 나하고 관련이 있는 것만 같았어. 그녀는 산부인과에 가려고 하는데, 떨려서, 너무 비참해서, 도저히 혼자는 못 가겠다고 하였어. 그러니까 나한테 동행을 해달라고 한 거야. 내가 대답하지 못하자 "니가 윤식이 친구라서 이런 부탁 하는 거 아냐. 그냥 발길이 여기까지 왔어. 널 잘 모르지만…… 넌 작가가 되고 싶다고 했고, 넌 다른 남자애들하고 달리 순수해 보이는 그런 무엇이 있었어. 그래서……." 나는 그녀의 눈빛을 거절하지 못하고 따라나섰어. "넌 작가가 되고 싶다고 했고……" 하는 말이 내 마음을 움직이게 했던 것 같아.

그녀가 이야기한 산부인과 앞에 오자 나보다 그녀가 더 긴장하면서 "잠깐만……" 하고는 병원 건물을 한 바퀴 돌았어. 그리고 다시 병원 앞에 와서 들어가려고 하자 "휴우, 딱 10분만 있다가 들어가자" 하고 다시 병원을 뱅글뱅글 돌았어. 그렇게 "잠깐만……" "10분만……" "가만 기도 좀 하고……" 그런 식으로 3시간을 넘게 주위를 얼쩡거리다가 "차라리 죽어버렸으면 좋겠어" 하고 내 팔을 잡아. 그녀의 손가락이 내 살 속으로 파고드는 것 같았어. 부들부들 떨고 있었어. 나도 모르게 "괜찮을 거야" 하고 그녀를 안아주었어. "고마워" 하고 그녀가 울었어. 그 눈물이 그치자 그녀가

앞장서서 병원으로 들어갔지.

의외로 떨리지 않았어. 난 그녀의 남자 친구처럼 행동했어. 나이는 어려도, 비록 낙태를 하는 상황이어도, 당당해지고 싶었어. 남자 의사였는데, 그런 우리를 많이 배려해주었어.

"아기는 정상이고, 지금이라도 맘이 바뀐다면 편안하게, 비밀을 지켜주면서 출산할 수 있는 곳을 알려드리지요……."

그녀는 단호하게 고개를 흔들었어. 의사가 알았다고 했어. 수술은 오래 걸리지 않았고, 회복실에서 링거를 맞고 있던 그녀는 나를 보자 고맙다고 하면서 울어대기만 댔어. 병원을 나오자 더 이상 내 팔을 잡지 않았어. 이제부터 혼자 가겠다고……. 난 더 이상 해줄 게 없어서 미안했고, 내가 누군가랑 사랑을 하다가 임신을 하게 된다면…… '난, 절대 낙태 안 할 거야. 난 무조건 낳을 거야!' 그 말을 백만 번도 더 곱씹었어.

해인아, 언제든지 내가 필요하면 연락하고……. 우리 힘내자. 그래, 잘 버텨보자.

18

★ 샘!

보낸 사람 : 몽상가 14.01.28 21:26

샘, 세상이 끝나버렸으면 좋겠습니다.

앞으로 제가 누군가를 좋아할 수 있을지, 사랑할 수 있을지……
자신 없습니다.

★ 널 믿어라

보낸 사람 : 마법사 14.01.28 23:29

도대체 무슨 일이 있었니? 메일을 받자마자 핸드폰을 계속 눌러 댔으나 네 전화는 먹통이 되어 있구나. 네 전화기가 너의 심정을 대변해주는 것 같아 마음이 무겁구나.

병원 갔었니?

초님이도 많이 아파. 아직 만나지는 못했어. 병원 앞에서 초님이 남편을 만났어. 그는 슬픈 듯하면서도 뭔가를 초월한 듯한 표정이 었지. "자네 오랜만이네" 하면서 따스한 손을 오래오래 꼭 잡아주 었어. 그러고는 초님이 앞에서는 절대 슬픈 표정 짓지 말라고 하 였어. 웃으면서 밝게 소풍 나온 것처럼 대해달라고. 오늘밤에는 몸 상태가 좋지 않아서 만날 수가 없다면서 숙소를 얻어주었어.

"가족 외에는 자네가 유일하게 병문안을 오는 사람이네. 아내 가 원치 않았다네. 자신의 초라한, 아픈, 그런 모습을 보여주기 싫 다고. 그리고 자신이 잠들었거나 의식이 없을 때는 절대, 그런 모 습을 자네한테 보여줄 수 없다고. 그러니 양해해주게. 바쁜 사람을 불러놓고 예의가 아닌 줄 안다만, 저녁밥을 먹고 나서 갑자기 상태가 나빠져서…… 만약 이대로 깨어나지 못한다면, 그럴 리는 없겠지만 만약 그렇다면 그냥 돌아가 주게. 이것이 자네 친구의 뜻이네. 오늘은 아주 상태가 좋았다네. 자네가 온다고, 환자복 싫다고, 집에서 입던 옷까지 가져오라고 하고 그러더니……."

나는 열흘이고 한 달이고 기다리겠다고 했어. 긴장되고, 이게 마지막일까 봐 아니 보지도 못할까 봐 겁도 나지만, 네 말처럼 긍정적으로 생각하고 있어.

살아 있다는 것은…… 그래서 좋은 거야. 살아 있다는 것은, 어떤 상황만 주어지면 누군가를 좋아하게 되어 있고, 어떤 상황만 주어지면 누군가를 사랑하게 되어 있어. 식물이든 사람이든 다 마찬가지야. 해인아, 이럴 때일수록 너 자신을 믿었으면 해. 지금까지 살아온 너의 힘을 믿어라. 자꾸 극단적인 생각으로 너 자신을 무시하고 초라하게 몰아가지 마. 내가 널 늘 믿는다고 했던 것은…… 넌, 저 산에 나무나 풀처럼 살아가는 힘이 유독 강했던 아이였기 때문이야. 살아가는 힘을 믿는 것처럼, 지금까지 살아온 힘을 믿는 것처럼 좋은 종교는 없어. 그게 최고야. 알았지?

19

★ 전 바보예요

보낸 사람 : 몽상가 14.01.29 16:36

살아가는 힘을…… 지금까지 살아온 저를 믿기에는 제 자신이
너무 비참해요. 저를 믿을 수가 없어요. 자신이 없어요. 순 엉터리
인 저를 어떻게 믿어요.

전 가끔 이런 생각을 했어요. 제 모습이 객관적으로 어떻게 보
일까? 제 입에서 흘러나오는 목소리가 다르다는 걸 알았을 때 많
이 당황했던 기억이 나요. 바로 귀에 들리는 목소리랑 녹음했다가
듣는 목소리가 달랐어요. 너무 낯설어서 제 목소리가 아닌 것 같
았어요. 아니면 녹음되는 순간 목소리가 변형됐다고 우기고 싶었

어요. 근데 그게 사실이래요. 제 귀에 들리는 건 환청이래요. 타인의 귀에 들리는 게 정확하대요. 타인들은 녹음기에서 나오는 목소리가 제 목소리라고 했어요. 평소 말할 때에도 그렇게 들린대요.

그렇다면 제 모습은 어떨까요? 거울을 통해서 제 눈에 나타나는 모습이랑 타인들 눈에 보이는 모습은요? 분명 다르겠지요. 불현듯 제 모습이 두려워지기 시작했어요. 타인들 눈에 보이는 진짜 제 모습은 어떨까요? 그동안 늘 모범생이라고 칭찬만 받아오고, 친구들 사이에서도 성격 좋은 애라는 평가를 받아오면서 살아왔는데 그게 다 허당인걸요. 그냥 껍데기인걸요.

샘, 민수가 그랬어요. 제가 먹고 있는 약은…… 오래전에 몇몇 나라에서 임산부들이 낙태할 때 먹었으나 그 부작용이 너무 커서 지금은 세계보건기구에서 금지한 약이래요. 지금은 주로 일부 국가의 청소년들이 불법 낙태를 할 때 이 약을 쓴대요. 당연히 불법이기 때문에 마약처럼 은밀하고 비밀리에 거래가 된답니다. 민수 친척 중에 약사도 있고 의사도 있는데…… 그 약은 절대 사람이 먹어서는 안 되는 약이라고 했답니다. 그러면서 얼른 병원에 가자고 했는데…….

샘, 하도 창피하고 제 자신이 바보 같아서요. 눈물도 안 나오고 그냥 헛웃음만 나오더라고요. 병원은 아직 안 갔어요. 용기가 없어서가 아니라 제가 너무 비참해서, 제 몸한테 너무 미안해서 이런 몸을 이끌고 병원에 갈 자신이 없네요.

샘, 어떻게 사랑하는 사람한테, 가장 사랑하는 사람한테 이런 약을……. 이걸 제가 어떻게, 어떻게, 어떻게…….

★ 그런 소년이 있었단다
보낸 사람 : 마법사 14.01.29 20:45

설마설마했는데…….

아, 내가 이렇게 어리석은 줄 몰랐구나. 나 역시 은연중에 수술을 하지 않고 알약으로만 낙태가 가능하다고 생각했을지 몰라. 그래서 네가 약을 먹는다는 말을 듣고도…… 조금 고통스러울지 몰라도 수술을 하지 않고 해결할 수 있다면, 그것도 괜찮은 방법이라고 은연중에 생각해버렸거든. 아이를 낳고 길러본 어른이 이렇게 어리석다니……. 한없이 내가 원망스럽구나.

해인아, 어쨌든 지금 무엇이 가장 급한지, 가장 먼저 무엇을 해야 하는지 생각하자. 시경 군이 죽도록 밉겠지만 그것도 급한 일은 아니야. 무엇보다 급한 일은 네 몸 상태를 정확하게 짚어보고 치료하는 것이야. 그러니 민수 군이랑 병원에 가길 바란다. 우선 몸을 치료한 다음에, 차근차근 너 자신을 되돌아보았으면 해. 이제는 부모님께 말씀드리고 도움을 받았으면 해.

  난 남자이기 때문에 여자들이 느끼는 그런 섬세한 감각과 아픔을 다 받아낼 수는 없지만 그런데도 그 아픔이 느껴져서 견딜 수가 없구나. 괜히 배가 아프고, 이가 흔들리는 것 같고, 귀가 멍하고, 머리가 아프고……. 지금은 내가 도와줄 수도 없고 어떡하니? 초님이가 아직도 혼수상태에서 깨어나질 못하고 있어.

20

★ 오늘도 병원에 가지 못했어요

보낸 사람 : 몽상가 14.01.30 17:14

샘, 죄송해요. 차마 샘 목소리를 들을 수가 없었어요. 그래서 계속 걸려오는 샘의 전화를 받지 않았어요. 아니 받지 못했어요. 죄송해요. 이렇게 메일이라도 할 수 있는 게 기적 같아요. 샘이랑 오랫동안 주고받아서 그런지 이게 편해요. 샘, 목소리는 도저히 들을 수가 없어요.

샘, 모든 게 어리석은 제…… 샘, 전요, 그 약을 먹으면서 개를 생각했답니다. 전 개를 낙태시킬 때 약물을 쓴다는 걸 알거든요. 중학교 때 제 친구한테 들었어요. 자기네 개를 그렇게 낙태시켰다고요. 그때 그 친구가 많이 울었거든요. 어리석게도 전 그런 사실을 알았기 때문에 약으로도 낙태가 가능할 것이라고 믿었답니다. 그동안 개가 된 꿈도 여러 번 꾸었답니다. 꿈속에서 초음파를 찍었는데 강아지도 여러 마리 보였어요. 머리는 사람이었고 몸통만 개였어요. 전 약을 먹지 않겠다고 막 소리쳤어요. 그러면 시경 오빠가 나타나서 강제로 약을 먹였어요. 그러다가 깨어나면 한밤중이었고 다시는 잠을 이루지 못했어요.

민수가 그랬어요. 제가 먹는 약은 개를 낙태시킬 때 쓰는 약물보다 더 안 좋은 것이라고요. 친척인 의사선생님이 그랬대요. 심각한 부작용이 올 수도 있다고요. 그런 사실을 안 뒤로 멘붕이었어요. 그냥 다 포기해버리고 싶었어요. 민수가 병원에 가자고 해도 "조금만, 조금만 있다가……" 하다가 또 하루가 가버렸어요.

오늘 오전에서야 간신히 시경 오빠랑 통화를 했어요.

"오빠…… 왜 그랬어?"

제가 울면서 말하자 시경 오빠가 "너 왜 그러니?" 하고 막 소리쳐 묻더라고요. 막상 오빠 목소리를 듣자 울음만 나왔어요. 얼마나 가슴이 떨리던지 가슴을 꼭 끌어안고서야 간신히 말을 했어요.

"대체 왜 그런 약을 나한테 준 거야? 그거 불법으로 거래되는 약이라며?"

그러자 시경 오빠는 버럭 소리를 질렀어요.

"누가 그딴 소릴 해! 뭐 민수? 너 내가 그 자식 만나지 말랬지? 너 내 말을 믿니, 그 자식 말을 믿니? 나 지금 기분 아주 더럽거든. 분명히 말하지만, 그 약은 미국에서 임산부들 낙태할 때 쓰는 거야. 미국에 사는 내 친구가 힘들게 구해서 보내준 거라고. 근데 고맙다는 말은 못할망정 이게 뭐야! 지금 특별한 부작용이 있는 것도 아니잖아? 약을 먹으면 졸립고 가끔 어지럽고 힘들다고 했잖아? 그 정도 부작용은 이미 다 아는 사실이고……."

"오빠! 자궁에 치명적인 염증을 유발할 수도 있대!"

"야, 너 자꾸 그딴 소릴 할 거야! 미국에서 살 때 나도 그 약으로 낙태하는 아이들을 여럿 봤다구! 그 약 진짜 구하기 힘들어! 너 생각해서 친구들에게 부탁하여 아주 어렵게 구한 거란 말이야. 내가 이거 구하려고 친구들한테 얼마나 애걸해서 돈 빌리고, 친척 형 누나들한테까지 돈 빌리고 해서 구한 건데, 그거 마약보다 더 비싸고 구하기 힘든 거야!"

"오빠, 나중에 내가 임신을 못할 수도 있대!"

"야, 그딴 소리 집어쳐! 그건 극단적인 상황이야. 병원에서 수술할 때도 극단적 상황을 염두에 두고 수술하다가 잘못되어도 책임을 묻지 않는다는 수술동의서를 받잖아? 그거랑 똑같은 거야."

"오빠, 이건 그거하고 달라. 통계로도 나와 있대!"

"야, 그래서 이제 와서 어쩌라고? 난 최선을 다한 거야. 그래도 도망 안 치고…… 조금만 참고 먹으면 다 끝날 텐데…… 어디서 개 헛소문을 듣고 와서 지랄이야. 내 말을 믿지 못하겠으면 니 맘대로 해!"

"오빠, 나 좀 보자."

"야, 그 약 다 먹고 나서 보자. 그 전엔 연락하지 마!"

"오빠, 나 무지 아파. 단순히 졸리고 머리 아픈 정도가 아니야. 지금 친구들이 병원에 가자고 하는 걸 간신히 참고 있어. 오빠는 내가 이렇게 아프다는데 걱정도 안 돼? 오빠랑 같이 병원 가자고 하지 않을 테니까……."

"몰라, 끊어!"

그랬어요. 시경 오빠는 그렇게 전화를 끊어버렸어요. 그러고는 더 이상 전화를 받지 않았어요.

민수가 여친을 불렀어요.(어느새 여친이 생겼더라고요) 제가 어색해할까 봐 자기 여친이랑 같이 병원에 가라는 뜻이었어요. 민수 여친도 제 손을 잡고 그렇게 하자고 하였어요. 근데 발이 떨어지지 않았어요. 오늘도 병원에 가지 못했어요.

★ 어미란 소름끼치도록 이기적인 존재

보낸 사람 : 몽상가 14.01.31 23:52

저녁 8시쯤 갑자기 쓰러졌어요. 독서실 화장실이라서 누구를 부를 수도 없었어요. 한 10분 정도 바닥에 앉아 있다가 들어와서 진통제를 먹었어요. 그리고 1시간 정도 누워 있었어요. 전 계속 시경 오빠한테 전화를 걸었어요. 보고 싶었어요. 위로받고 싶었어요.

"얼마나 아프니? 나도 그렇게 부작용이 있는 줄은 몰랐어. 미안해."

이렇게 위로 받고 싶었어요. 근데 전화는 안 받고, 문자도 씹고……. 몸이 좀 괜찮아지자 밤 10시쯤 시경 오빠네 집에 찾아갔어요. 참을 수가 없었어요. 초인종을 눌렀어요. 시경 오빠 어머니가 나왔어요. 놀랍게도 절 알아봤어요. 모든 걸 다 알고 있었어요.

"그러게 조심들 하지. 우리나란 성교육이 문제야. 남자나 여자나 피임법부터 가르쳐야 하는데, 그걸 너무 은밀하게 생각하니까. 아참, 시경이는 내일 출국한다. 미국 가. 당분간은 안 들어올 거야. 니 상황이 그래서 시경이가 말을 못한 모양이다만, 오래전에 결정된 일이다. 그러니 오해는 없기 바란다. 너흰 아직 인생을 제대로 시작도 안 한 거야. 살다 보면 별일이 다 생겨. 그런 일 중에 하나려니 하고……."

그러더니 시경 오빠 어머니가 저한테 봉투를 내밀었어요.

"자, 이걸로 치료비 보태 쓰고, 우리 시경이는 잊어라."

시경 오빠 어머니가 그 봉투를 제 손아귀에 쥐어주었어요. 저는 그 봉투를 팽개치듯이 던져버리고 말았어요.

"이런 거 필요 없어요!"

손과 발이 떨렸어요. 그래도 당당해지려고 했어요. 근데 시경 오빠 어머니가 그 봉투를 줍더니 "이게 어디서 배운 버르장머리야!" 하고는 봉투로 제 머리를 치더라고요.

무서웠어요. 소름끼치도록 무서웠어요. 자기 자식에게 조금이라도 피해가 갈까 봐 단호하게 저를 잘라내려고 하는 그 눈빛, 그 비열하고 무서운 눈빛, 독사보다 강한, 이 세상에서 가장 비열하고 무서운 그런 눈빛이란……. 아아아! 오늘, 너무 아프게 깨달았어요. 어미란 이 세상에서 가장 이기적이면서도, 소름끼치도록 비열한 존재가 되어야 한다는 것을요.

★ 돼지가 새끼 낳던 날 밤 그 신비로운 풍경

보낸 사람 : 마법사 14.02.01 02:09

어느 해 겨울이었어. 초등학교 3학년 땐가 그래. 잠을 자다가 뭔가 부스럭거리는 소리에 눈을 떠보니, 할머니가 어머니를 깨워서 방을 나가고 있었어. 마루에서는 할아버지의 소리도 들렸지. 나는 순간적으로 돼지가 새끼를 낳으려고 한다는 걸 알았지. 우리 집에는 새끼 밴 까만 암돼지 한 마리가 있었어. 그놈은 이미 두 번이나 새끼를 낳았지만 한 번도 보지 못했어. 한번은 여름날 오후에 낳았기 때문에 볼 수 있었는데 어른들이 "쉬잇, 저리 가거라. 아이들이 보면 안 된다!" 하고 쫓는 통에 가까이 갈 수 없었지.

나는 이번에야말로 꼭 보고야 말겠다고 작정했어. 문소리가 나지 않게 살그머니 열고 나가자 마당에는 함박눈이 내리고 있었지. 바람 한 점 없이 순하게 내리는 눈이었어. 어른들은 내가 돼지막 앞까지 가도 몰랐어. 어미 돼지는 누워서 고통스럽게 몸부림을 치고 있었고, 할머니가 그런 돼지를 손으로 토닥거리면서 달래고 있었어.

"괜찮다, 괜찮아, 너는 경험이 많으니까 걱정할 것 없다. 자자, 천천히 뒷다리에다 힘을 주고……. 옳지, 옳지, 잘한다, 나온다, 건강한 니 새끼가 나온다……. 옳지 옳지, 잘한다, 나온다 나온다, 이쁜 니 새끼가 나온다……."

할머니가 흥얼거리면서 자궁 밖으로 나오는 새끼들을 받아 어머니한테 주었고, 어머니는 수건으로 새끼를 닦아서 마른 검불 속으로 밀어 넣었어. 정말 신기한 일이었어. 할머니는 새끼가 한 마리씩 나올 때마다 암돼지를 칭찬하였고, 한동안 쉬게 하였어. 그런 다음 다시 타령을 읊조리듯이 흥얼흥얼하면서 암퇘지를 토닥거렸어. 암퇘지는 노련한 할머니의 도움을 받아서 일곱 마리의 새끼를 무사히 출산하였어.

할아버지는 하얀 창호지를 가위로 썰어 새끼줄 사이사이에다 뀐 다음 대문 위에다 걸었어. 우리 집에 성스러운 생명이 태어났으니 당분간은 출입을 금합니다, 라는 뜻이었어. 혹시 불가피하게 오실 일이 있으면 정숙하고 천천히 들어오십시오, 뭐 그런 뜻도 있었어. 다음 날 우리 집으로 오던 아이들도 금줄을 보고는 "시우네 돼지가 새끼를 낳은 모양이다. 다른 집으로 가자"하고 발길을 돌렸지. 불과 20여 년 전까지만 해도 그랬어.

예전에는 돼지의 새끼가 새로 태어날 때도 사람이 아기를 낳았을 때하고 똑같이 금줄을 걸어주고 돼지막 앞에다 맑은 정화수를 떠다놓고 어머니랑 할머니가 아침마다 빌었어. 새로 생겨난 생명들이 건강하게 잘 자라게 해달라고. 소나 개가 태어나도 금줄을 걸고 정화수를 떠다놓았어. 그렇게 새로운 생명을 소중하게 맞이한 것이지.

해인아, 갑자기 그 생각이 나는구나. 누워 있는 어미의 젖을 빨면서 잠든 일곱 마리 새끼들의 숨소리가 들리는 풍경이란…… 내가 기억하는 가장 아름다운 풍경 중에 하나야. 내가 아기였다면 그 새끼들 틈에 끼어 젖을 빨고 싶었을 정도로…….

해인아, 이 편지 보거든 꼭 병원에 가. 알았지? 부탁이다. 지금
네가 해야 할 일은, 병원에 가서 치료를 받는 일이야. 더 깊어지기
전에, 더 아프기 전에, 알았지?

21

★ 결국 병원에 왔어요

보낸 사람 : 몽상가 14.02.01 23:43

선생님, 여기는 병원이에요. 결국 이렇게 될 것을…… 허탈하기
도 하고, 한편으로는 안심이 되기도 해요. 오늘 오전 10시쯤 민수
랑 독서실에서 나오다가 주저앉고야 말았어요. 그러자 민수가 택
시를 잡았고…… 거기까지만 기억합니다. 눈을 떠보니 부모님이
보였어요. 저는 2시간 만에 의식을 찾았대요.

샘…… 막상 엄마를 보자 하염없이 눈물이 나왔어요. 미안했어
요. 가장 먼저 엄마한테 사실을 말하지 못한 게 미안했어요. 그냥
다 털어놓고, 나를 낳아준 사람이니까 그 처분을 기다릴 걸, 하는

후회도 들었어요. 그러면서 엄마가 저를 막 꾸짖어주기를 바랐어요. 그 어떤 말도 저는 다 받아들일 준비가 되어 있었거든요. 저를 막 때려주기를 바라기도 했어요. 엄마한테 실컷 두들겨 맞고 나면 후련해질 것 같았어요.

근데 엄마는 담담하시더라고요. 절 보고 울지도 않았어요. 뭐 특별하게 슬픈 표정도 짓지 않았어요. 한동안 절 내려다보고 한숨을 쉬더니, 이내 제 손을 꼭 잡았어요.

"이제 다 끝났다. 괜찮아. 이런 일이 없었으면 더 좋았겠지만…… 지나간 일은 어쩔 수 없고……. 오히려 너한테 더 좋은 경험이 될 수도 있어. 그렇게 생각하자. 이제 엄마가 왜 그렇게 남자친구를 만나는 것에 대해서 간섭했는지 알겠지? 엄마도 지금까지 살아오는 동안 여러 가지 경험으로, 남자를 사귀는 것도 다 때가 있다는 것을 알기 때문에 그런 거야. 해인아, 이제 다 끝났으니까 더 이상 말하지 않을게. 그러니 너도 이제 정신 차려. 아픈 만큼 성숙해진다는 말도 있잖아? 알았지?"

샘, 저는 그렇게 말하는 엄마가 무서웠어요. 샘, 전 진짜…… 엄마가…… 이 세상 엄마들이란 다 그런가 봐요. 시경 오빠 어머니도 그랬거든요. 무서워요. 딸을 향한 엄마의 그 집착이…… 제 몸이 망가졌는데도, 낙태한 것에 대해서도…… 아기에 대해서도 한마디 말이 없더라고요.

의사 선생님은 심각한 표정으로 말씀하셨어요. 그 약의 부작용으로 간, 신장, 심장 기능이 심각하게 떨어져 있고 자궁에 염증까지 있어서 당분간 입원 치료를 받아야 한대요.

민수 얼굴이 말이 아니었어요. 상처가 너무 많아서 물어보니까 우리 아버지한테 맞았대요. "너 이 개새끼……" 뭐 그런 식으로 마구 욕을 하면서 주먹으로…… 1시간 동안이나 그냥 맞았대요. 그런 바보가 또 있을까요? 아, 미련한 놈! 그런데도 민수가 피하지 않았고 변명도 하지 않았대요. 제가 왜 그랬냐고 물으니까 "그게 뭐가 중요하니? 시경이나 나나 똑같은 놈 아니니? 뭐가 다르니?" 그러는 거예요. 아니, 어떻게 같을 수가 있어요? 민수한테 너무 미안했어요. 민수 여친 앞에서 얼굴을 들 수가 없었어요. 근데 여친은 괜찮다고 하더라고요. 민수가 일부러 맞은 것 같다고요. 샘, 그속을 알 수가 없어요.

★ 깊은 밤 혼자 깨어서
보낸 사람 : 마법사 14.02.02 03:20

네 몸은 어떠니? 사람에게 과거도 중요하고 미래도 중요하지만 지금 너에게 현재가 가장 중요해. 당분간만이라도 지나간 과거는 생각하지 말고 네 몸을 회복시키는 데 주력해야 해. 낙태도 출산만큼이나 고통스럽고 힘들다고 들었어. 더구나 너 같은 경우는 훨씬 더 할 거야.

난, 민수 군이 고마워. 그리고 민수 군이 네 아버지의 온갖 욕설과 주먹질과 발길질을 다 받아들였다는 것, 이번 일에 관련된 게 아무것도 없지만 군이 변명하지 않고 스스로 책임을 뒤집어썼다는 것, 그 바보스러움에 박수를 보낼 거야. 물론 나는 민수 군처럼 못했을 거야. 억울하다고 하소연하기에 바빴겠지. 그런데 적어도 친구라면, 비록 자신이 한 일이 아니라고 해도 그것이 친구하고 관련된 일이라면, 자기 자신도 책임을 져야 한다고 생각해. 돌아다보니 나도 고등학교 다닐 때 친구의 애인이랑 같이 산부인과에 갔고, 꼭 내 애인이 낙태수술을 받는 것 같았고, 그만큼 나도 아팠지만…… 두려웠어. 그녀의 부모님이 나타나서 "니놈이 우리 딸 임신시켰지. 책임져!" 하고 추궁할까 봐, 산부인과를 나오면서도 얼마나 주위를 두리번거리면서 불안해했는지 몰라.

민수 군이야말로 정말 용기 있는 친구야. 적어도 민수 군 가슴 속에는 모든 것들을 사랑할 수 있는 젖물 같은 피가 흐르고 있고, 당당하게 자신의 색깔을 드러내놓고 살아갈 수 있는 깡다구가 묵직하게 자리 잡고 있어. 난 민수 군에게 한없는 찬사를 보내고 싶어. 내가 어렸을 때 어른들한테 받았던 첫 술잔을 주면서 "살다 보면 그런 깡다구가 필요할 때가 있어! 그런 용기를 어른이 되어서도 잃지 말기를 바라네!" 하고 등을 쳐주고 싶어. 민수 군한테 꼭 전해. 조만간 내가 술 한 잔 사주겠다고.

나는 계속 제주도에 머물고 있단다. 오늘도 초님이 남편이 와서 미안하다고 하면서, "아내가 언제 깨어날지 모른다고 하네. 전에도 이런 혼수상태가 몇 번 있었네. 대부분 하루 이틀 사이에 깨어났지만 작년에는 보름 만에 깨어나기도 했다네. 일단 집으로 돌아가게나. 아내가 깨어나면 내가 연락하겠네. 그게 좋을 것 같네" 하고 말했지만, 내가 며칠 더 기다리겠다고 하였어. 어쩐지 이대로 가버리면 다시는 영영 보지 못할 것만 같구나.

네가 자주 했던 말…… 행복이라는 말이 상당히 낯설구나. 그래도 행복했으면 좋겠어. ^=^ 네 특유의 긍정적인 생각이 다시금 새록새록 돋아나길…….

22

★ 집에 왔어요

보낸 사람 : 몽상가 14.02.06 22:11

선생님, 그 말을 민수한테 전했어요. 선생님이 술 한 잔 사주겠
다고 하더라. 그 말 듣고 민수가 어찌나 좋아하던지요. 안 그래도
저한테 샘 이야기를 많이 들어서 꼭 한 번 뵙고 싶었다고 하면서
요. 민수는 저한테 애인이 생겼을 때도 질투하지 않았대요. 근데
샘하고 그렇게 오랫동안 인연을 맺어왔다는 것, 그 사실을 알고는
엄청 부러웠대요. 막 질투 나고 샘났대요. 호호호, 저는 솔직히 그
런 민수의 마음을 잘 모르겠어요. 민수는 또 선생님이 "나한테 술
사주겠다고 한 첫 번째 어른이다!" 하고 말했어요. 우리나라에서

는 미성년자들에게 술도 팔지 못하잖아요? 법으로 금지되었잖아요? 그니까 미성년자들은 술을 마시면 안 되는 거잖아요? 그런데 작가 선생님이 술을 사주겠다고 한 게 너무 기쁘다고 했어요. 샘, 그때 저도 끼워주실 거죠? ^^

아 참, 저 퇴원했어요. 담 주가 개학이거든요. 저는 기운이 조금 없는 것만 빼고는 괜찮아요. 의사 선생님도 무리하지 않으면 괜찮다고 하셨어요. 엄마가 보약도 지어왔어요. 아빠는 집에 들어오지 않아요. 두 분 사이가 많이 멀어진 것 같아요. 나한테 솔직하게 말해줬으면 좋겠는데…… 그냥 부모님이 말씀하실 때까지 기다리기로 했어요.

집에 오자 다시 답답해져요. 숨이 막혀요. 엄마는 새로운 학원, 더 빡세고 잘 가르친다는 학원, 어느 어느 대학에 몇 명을 입학시켰다는 학원…… 그런 정보만 풀어놓고 있어요. 그런 엄마의 눈빛을 얼마나 따라갈 수 있을지…… 샘…… 모르겠어요. 전 분명 최선을 다할 거지만, 자꾸 자신이 없어져요. 어제 이 이야기를 민수한테 했어요. 민수가 이렇게 말했어요.

"자신 없어도 좋아. 다만 비겁하지는 말자. 알았지?"

민수가 왜 그런 말을 했는지 잘 모르겠어요.

샘, 저 기운 낼게요. 너무 걱정 마세요. 그동안 너무 많은 걱정을 끼쳐드려서 죄송해요. 늘 감사드려요. 행복하세요.

★다시 제주도에서

보낸 사람 : 마법사 14.02.07 01:10

초님이가 계속 혼수상태라서 무작정 기다릴 수가 없었어. 할 수 없이 3일 날 집에 왔다가 어젯밤 늦게 다시 비행기를 타고 제주도에 왔다. 어제 오전에 초님이 남편한테서 연락이 왔거든. 초님이가 깨어났다고, 깨어나자마자 나를 찾았다고. 하지만 아직 만나지 못했어. 막상 병원에 가니까 초님이가 내일 만나자는 뜻을 전해왔거든. 병원에서는 만나기 싫다고. 상태를 봐서 외박을 나온대. 의사들이 처음에는 허락하지 않았지만 환자의 마음을 알고는 허락했대. 자칫 위험할 수도 있다고 하니까 걱정은 되지만 그래도 가슴이 설레고 있어. 꼭 첫사랑을 다시 만나는 기분이야. 너무 야위었을까봐 너무 힘들어하는 모습을 볼까 봐 겁이 나기도 하지만…….

★영원 속의 친구

보낸 사람 : 마법사 14.02.09 22:01

드디어 초님이를 만났단다. 바다가 보이는 길을 따라서 가니까, 조붓한 돌담길이 나왔고, 그 끝에 지붕이 귤색인 별장이 나왔어.

그곳이 초님이가 몇 년간 머물렀던 별장이야. 초님이가 대문까지 나를 마중 나왔어. 처음에는 "시우야, 이시우!" 하고 불렀고, 그 메아리가 울려 퍼지자 곧이어 이번에는 "어이, 친구!" 하고 손을 흔들었어. 나도 손을 흔들면서 "친구!" 하고 목에다 힘을 주었어. 그러자 초님이가 폴딱폴딱 뛰면서 손을 흔들었어.

초님이는 연한 진달래색 원피스 차림이었어. 한눈에 봐도 몸에는 뼈밖에 남아 있지 않을 정도로 깡말랐으나 나풀나풀 움직이는 모습이 바람과 햇살과 주위의 분위기하고 어우러져서 오랫동안 아팠던 사람처럼 보이지 않았어.

"어이, 친구. 옛날하고 똑같네. 다만 주름이 나이보다 깊게 들었구먼. 그것만 빼고는 오십이 넘었는데 흰머리 하나 자라지 않고, 내 눈에는 그때 그 소년 그대로구먼. 수줍음 많은 눈빛도 그대로구먼."

"친구도 뭐…… 이게 애 셋 낳고 무슨 희귀병하고 수년간 레슬링한 얼굴인가? 바로 몇 시간 전까지만 해도 혼수상태니 뭐니 깨어나니 어쩌니 하던 얼굴인가? 모두 다 거짓말이제? 나 놀리려고 일부러 꾸민 연극이제? 허허허, 서방 하나 더 얻어서 새로 시집가도 되겠네 뭐."

나도 그렇게 농담으로 받아쳤어. 그러면서 내가 초님이를 안아주었어. 초님이가 "아이, 좋아라!" 하면서 한품에 안겼지. 그때 그

냄새를 맡고 싶었거든. 어린 시절, 흐뭇하게 달빛이 쏟아지던 밤, 보릿단이 가득 실린 수레 뒤에서 초님이랑 밀면서 오던 밤, 그의 몸에서 흘러나오던 냄새들, 풀비린내 같기도 하고, 살구비린내 같기도 한 땀비린내. 신기하게도 초님이 몸에서는 그런 비린내가 풍겼어. 지금 이 순간만큼은 초님이가 아주 건강한 생명체라는 걸 확신했어. 지금 이 순간만큼은 그 어떤 바이러스라고 해도, 그 어떤 암 덩어리라고 해도 초님이를 얕잡아보지 못할 것이라고 확신했어.

"친구, 진짜 꾀병 부린 거 아닌가?"

"호호호, 우리 작가 친구 보려고……."

우린 마당에 놓여 있는 나무의자에 앉았지.

"내가 생각해도 몸이 좋아. 꼭 바람이 된 기분이야. 이 작가, 이건 내 선물. 까마득한 기억 속 꼬마친구가 영원 속에서 찾아온다는데, 뭘 선물할까? 뭘, 뭘…… 고민하다가…… 헤헤헤……."

"크레파스?"

"그래, 이 작가. 난 영원 속의 꼬마친구한테 그렇게 말했지. 그 꿈 잃지 마. 계속 그림 그려서 화가가 되렴. 그건 내 꿈이기도 했으니까…… 뭐 그런 말을 한 것 같아. 기억나는가? 난 자네가 화가가 되었으리라고 생각했네. 근데 이야기를 만들어내는 작가라니? 난 어린 시절 자네가 글을 잘 쓴다는 말을 들어본 적이 없네. 자네가 책을 좋아한다는 것도. 그러니 내가 자네를 알아볼 수가 없었지. 자네가 신문에 나와도 건성으로 볼 수밖에 없었어. 그때, 우린 참 가난했지. 눈에 보이는 온갖 풍경들, 온갖 색깔들을 표현하고 싶어도 크레파스가 없어서 못했어. 나 역시 그래서 화가의 꿈을 접었던 것이고⋯⋯. 그래도 난 그 시절이 늘 그립네. 돌아다보니 가난하기는 했지만 풍요로웠네. 그래서 자네가 화가가 되지는 않았지만 그 시절의 풍경을 글로 그려내는 작가가 되었다는 것을 알았을 때 너무 고마웠다네."

"이건 뭐⋯⋯ 선물치고는 너무 성의가 없구먼. 아주 돈도 많이 벌었다고 들었는데, 이게 뭐야? 새것도 아니고 누가 쓰던 것이구먼. 색깔별로 다 갖춰져 있기나 하나?"

그러자 초님이는 싱긋 웃었어.

"물론 다 있을 걸세. 설령 한두 색 없다고 해도 큰 문제는 아니지 않는가? 난 이 정도 색이면 충분이 이 세상 모든 색들을 다 표현할 수 있다고 보네. 자네도 그 말뜻을 알 거야. 난 이 크레파스를 오십이 넘어 훌륭한 작가가 된 자네가 아니라 영원 속에 있는 그 꼬마친구한테 선물하는 걸세. 그때, 자네가 4학년? 5학년? 하여간 그때⋯⋯ 크레파스를 강물에다 버리던 걸 난 봤거든."

"아, 그걸 어떻게 기억하는가? 그건 나한테는 너무 아픈 상처일세. 오십이 넘었어도 아물지 않는 상처. 그때 내가 사생대회에 나갈 반 대표로 뽑혔지. 사실 그게 처음이었어. 반 대표로 뽑힌 건. 난 크레파스가 제대로 없어서 풀이나 하늘을 맘대로 칠할 수가 없었어. 그래서 한여름 풍경인데도 풀은 갈색, 하늘은 연한 주황색으로 칠했지. 그런데 선생님이 내 그림을 보고 '색감은 아쉽지만 전체적으로는 이시우가 가장 잘 그렸어. 이시우가 우리 반 대표다!' 하셨어. 그날 오후, 나는 옆집 형한테 좋은 크레파스를 빌려서 학교로 갔다네. 모든 색이 다 갖춰진 크레파스라서 내 마음껏 그림을 그릴 수 있다는 자신감이 있었네. 그런데 구령대 앞에 가보니 우리 반 대표로 다른 아이가 이미 나와서 줄을 서 있더라고. 그 아인 부반장에다 군청 직원의 아들이었다네. 어느새 선수가 바꿔치기 되어 있더구먼. 그 아이랑 눈이 마주쳤는데, 그 아인 당당하고, 난 눈을 돌리고야 말았어. 그 아이가 말했네. '선생님이 나한테 나가라고 하셨어. 니가 그린 그림을 다시 보고 이시우는 안 되겠다고 하셨어. 어떻게 하늘을 주황색으로 그리니 하면서. 궁금하면 교무실 가서 확인해봐.' 난 받아치지 않았어. 그 아이가 더 말하기도 전에 '아아, 그렇게 됐구나.' 난 체념하면서 돌아섰다네. 그때 정말 쓸쓸했네. 그렇게 돌아오면서 강에다 그 비싼 크레파스 색을 하나하나 던지면서 다신 그림을 그리지 않겠다고 소리쳤네. 그래서 어머니한테 엄청 혼이 났고, 그 뒤로는 그림을 그리지 않았네."

"이 작가, 나도 아네. 나는 영원 속에 있는 그 꼬마친구의 아픔을 그 누구보다도 잘 알았네. 이제야 말하지만 나도 그런 경험이 있다네. 그때는 그런 일이 허다했네. 그래서 더 마음이 아팠다네. 난 영원 속 꼬마친구한테 힘을 주고 싶었네. 이렇게 말하고 싶었네. '시우야, 괜찮아. 힘을 내. 좀 더 자신 있게 그려. 시우야, 넌 무지개색이 일곱 색깔로만 보이니? 난 안 그래. 어떨 땐 아홉 가지 색, 어떨 땐 열두 색 심지어 서른네 가지 색으로 보일 때도 있었어. 해도 그래. 한 색이 아니야. 기분에 따라서, 날에 따라서, 계절에 따라서 다 다르잖아? 풀도 마찬가지야. 그러니까 풀이라고 해서 다 초록색으로 칠하는 건 옳지 않아. 풀도 갈색일 수 있고, 초록과 갈색이 섞일 수도 있고, 아주 다양해. 그러니 크레파스 색이 부족하다고 해서 기죽을 필요 없어. 오히려 그게 더 좋을 수도 있어. 다른 애들하고 다르게 그릴 수 있으니까. 다른 애들은 다 똑같이 그리잖아? 근데 넌 다르게 그릴 수 있잖아?' 난 그렇게 말하고 싶었다네. 근데 그렇게 말하지 못했네. 색깔이 부족한 크레파스로 그리는 그림이 더 개성 있고 좋을 수 있다는 걸 아이한테 설명할 자신이 없었어. 아이는 당장 자기 눈에 보이는 색을 칠하고 싶었는데, 그게 없었다고 생각해봐. 얼마나 낙심하다가 마지못해 다른 색으로 칠했지만, 다른 아이들이 다 비웃으니까 감추고 싶었던 그림이었어. 그걸 잘 그렸다고 어떻게 납득을 시킬 수가 있겠어? 오히려 꼬마친구가 더 큰 상처를 입을 것 같았어. 그걸 이해할 나이는 아니니까. 그래서 이제야 자네를 통해서 영원 속의 꼬마친구에게 이 선물을 주면서, 그때 못한 말을 하는 것이라네. 그래서 내가 쓰던 크레파스를 선물하는 것이라네. 그 꼬마친구에게, 화가의 꿈을 버리지 말아달라고. 영원 속에서만이라도."

난 고맙게 그 선물을 받았고, 내 기억 속 어린아이에게 전달하였어.

내 선물은 뭐였는지 아니? 그래, 책이야. 내가 작가가 되어 처음으로 출간한 책. 그걸 친구한테 주었어.

"작가가 되고 첫 책이 나왔을 때, 책을 안고 자취방에서 울었다네. 작가가 된 감격, 그리고 여러 가지 생각들이 났는데, 첫 책을 줄 수 있는 사람이 너무 없었다네. 특히 초님이 친구 생각…… 간절했다네. 이 소식을 알면 가장 기뻐할 텐데……. 친구 만나면 꼭 이야기하려고 했다네. 친구는 내가 화가가 되기를 바랐다고 했지만, 자네도 모르게 나한테 작가가 되라고 했다네. 정말이네. 자네가 어린이날 선물로 준 라디오! 라디오는 내가 작가가 되는 데 결정적인 도움을 주었다네. 나도 작가가 된 뒤에서야 알았다네. 귀로 듣는 라디오가 내 상상력을 자극하고 키워주었다는 것을. 난 어린 시절 내내 라디오를 들으면서, 귀로 들은 것들을 상상하는 걸 좋아했거든. 이야기를 듣다 보면 저절로 이야기가 상상이 되었어. 당시 난 라디오 연속극이랑 단편소설을 들려주는 단막극을 즐겨 들었거든. 그래서 친구가 더욱 보고 싶었다네. 고향 어머니한테 전화해서 수소문해도 자네 소식을 모른다고 하더군. 첫 책을 드릴 선생님 한 분 떠오르지 않았고…… 쓸쓸했다네. 그 책일세. 그때 사인해놓았네."

세상에서 가장 특별한 이초님 친구님께, 뒷동산에서 노을을 바라다보는 마음으로 이 책을 드립니다. -1992년 4월 이시우 드림

"진짜 그때 책이구먼. 고맙네, 친구……. 세상에나, 라디오가 도움이 되었다니, 그 작은 라디오가 한 작가를 탄생시키는 데 도움이 되었다니…… 그렇구먼. 결국 운명이었구먼. 그래, 그랬구먼. 내가 라디오를 좋아하는 것도 그런 이유 때문이었지. 귀로 듣고 상상하는 것이 좋아서……."

어둠이 지자 우린 마당에서 밥을 먹었어. 친구의 남편이 마당에다 불을 피우고 고기도 구워주었어. 초님이는 음식을 전혀 가리지 않았어. 와인도 한잔 했어. 친구의 남편은 전혀 참견하지 않았어. 내가 같이 앉아서 먹자고 해도 "오늘은 둘만의 시간이니까……" 하고는 슬그머니 어디론가 사라졌다가 우리가 배고플 만하면 온갖 먹거리를 가지고 왔어. 하늘에는 어렸을 적에 놀았던 낯익은 별들이 몰려나왔어. 내가 그 별들을 보면서 몸이 괜찮으냐고 물으면, 초님이는 아무렇지도 않다고 하면서 "날 환자 취급하면 기분 나빠 할 거야!" 그렇게 말했어.

"오늘은 너무너무 좋아. 그렇게 무기력하던 몸이, 누군가의 부축을 받아야만 걸을 수 있었던 몸이 이렇게 달라지다니⋯⋯. 생명이란 정말 신비하구만. 진짜 걱정하지 마. 내 초라한 모습 보일까봐 걱정했는데, 생명을 만드신 신이 나에게 마지막 선물을 주신 것 같네. 내 몸 안에다 새로운 건전지를 넣어주신 것 같아. 우리 노래할까?"

친구가 내 어깨에다 머리를 기대고 하늘을 보더니 아주 낮게, 마치 먼먼 영원 속으로 거슬러 오르는 듯한 목소리를 흘려냈어. 김소월의 시가 들어 있는 〈개여울〉이라는 노래였어. 나도 좋아하는 노래인데, 이 노래를 흥얼거리다 보면 내가 살아 있는 생명체라는 생각이 들고, 지금까지 살아오면서 눈에다 담아놓았던 그리운 얼굴들이 보고 싶어져. 친구는 그 노래를 20분이 넘도록 아주 느리게, 끊어지지 않게, 덩굴처럼 이어지게 불렀어. 나 역시 김소월의 시 〈실버들〉을 읊조렸지. 내 노래가 끝나자 친구가 〈초혼〉이라는 노래를 하였어. 그것도 김소월 시야. 천천히 시를 토해내듯이 읊조리다가 노래하다가 다시 눈을 감고 속으로 허밍으로 부르다가 다시 입 밖으로 흘려내기를⋯⋯ 그렇게 한 곡조를 부르고 나서야 내가 〈옛이야기〉라는 노래를 하였어.

나는 초님이가 문학 공부를 한 나보다 더 김소월을 사랑한다는 걸 알았어. 그리고 김소월이, 그 얼굴도 모르는 시인이 우리의 가슴속에 봄바람처럼 들어와 있다는 걸 알았어. 우리는 끝없이 김소월을 노래했고, 그것만으로도 시간의 흐름을 지탱할 수 있었으며, 그것만으로도 행복했어. 내가 〈엄마야 누나야〉를 부를 때는 초님이가 살짝 눈물을 흘렸어.

"너무 좋다. 이대로, 오늘 밤 같은 시간이 영원했으면 좋겠어. 그날, 그 꼬마친구의 자전거를 타고 갔던 복사골이 떠올라. 그 무릉도원이……. 그리고 또 언제였더라. 하여간 그날따라 노을이 어찌나 붉던지…… 나이 드신 어른이 보고 '참 저승가기 좋은 하늘이네' 하시면서 올려다보셨지. 나도 밭머리에서 지친 허리를 달래면서 그 노을을 보고 있는데, 그 꼬마친구가 뒷동산에서 소를 타고 오더라고. 순간 시간이 멈추는 것 같았어. 흔들리는 나무들도 풀잎들도 보이지 않았고, 주위에서 웅얼거리던 온갖 벌레들 소리도 사라졌고, 소를 탄 그 아이만 눈과 귀에 들어왔어. 그 꼬마친구는 어렸을 적 내 동무였던 태섭이처럼 휘파람을 불고 있었어. 신선이 따로 없구나! 나도 모르게 달려가서 '시우야, 나도 태워주라.' 그랬더니 '떨어지면 큰일 나는데……' 하면서도 암소의 등에다 나를 태우고는 앞에서 천천히 소를 끌고 갔어. 태섭이도 그랬네. 순간 태섭이 얼굴이 꼬마친구 얼굴에 겹쳐졌네. 태섭이는 나를 사람들이 보이지 않는 곳으로, 일부러 더 오래 태워주기 위해서 다시 산으로, 어둠이 마을을 삼킬 때까지 태워주었어. 살아오면서 그 생각을 자주 했다네. 그리고 인간의 시간이 얼마나 빠른가, 소의 시간으로 느릿느릿 그렇게 살고 싶다는 생각을 많이 했지. 또한 내게 소중한 친구들이 있었다는 것, 그게 얼마나 큰 행운이었는지 깨달았다네. 그 꼬마친구는 태섭이기도 했고, 이시우라는 전혀 다른 친구이기도 했어. 하지만 비슷한 점이 많았어. 그래서 내가 그 꼬마친구를 좋아한 것이라네……."

동이 틀 무렵에 초님이가 춥다고 몸을 떨었어. 내가 일어나서 불을 더 지피려고 하자 "이제 그만 피우세" 하고는 내 팔을 잡았어. 밤을 꼴딱 지새워서 그런지 초님이는 지쳐 보였고 힘들어 하였어. 내가 그만 들어가자 하자 "조금만…… 해를 맞이하고……" 하면서 얼굴을 기댔어. 내가 초님이를 꼭 안아주었어. 초님이가 고맙다고 말하더군.

"영원 속의 그 꼬마친구의 몸에서는 항상 풀 냄새가 났다네. 비록 그 아이는 사람의 아들이었지만, 반은 풀이고 반은 새나 개나 산토끼 같은 생명체였다네. 어떤 땐 소 냄새도 났고, 또 개 냄새, 흙비린내, 살구 냄새, 감 냄새, 칡 냄새……. 어이 친구. 난 요새 이런 생각 자주 한다네. 우리 참 살만 하지 않는가? 나도 야반도주할 정도로 삶이 힘들고 가난했었지. 그래서 이 악물고 돈 벌어서 호텔을 두 채나 가지고 있을 정도로 부자가 되었는데, 이상하게도 예전만큼 행복하지 않다네. 그때 초가집에서 살았을 때, 아침에는 보리밥, 점심은 고구마, 저녁에는 조밥, 그것도 봄에는 간신히 두 끼만 먹던 시절보다 더 행복하다는 생각이 들지 않는다네. 나만 그럴까? 그때는 가난하기는 했어도 그래도 온 가족이 모여 살았어. 힘들면 서로 위로해주고 위로받으면서 서로 구물구물 노래하고 살 지지고 웃고 떠들었는데, 지금은 그런 맛이 없지 않는가? 쓸쓸하고 재미가 없어. 텔레비전 드라마 보는 재미 외에는 없어. 옛날보다 못해. 좋은 차 굴리고 살아도 좋은 줄 모르겠다네.”

나는 우리 어머니도 그와 비슷한 말을 했다고 했어. 실제로 고향에 계시는 어머니는 가난했던 옛날이 훨씬 더 좋았다고 말씀을 하시곤 해. 우리가 쌀밥 먹고, 고기 먹고, 좋은 차 굴리고 잘 살지만 그만큼 잃어버린 것들이 많다는 뜻이기도 해.

아침이 되자 초님이 남편이 어서 병원으로 돌아가자고 하면서 차를 대기시켰어. 내가 초님이를 안아서 차에다 실어주고는 “조만간 다시 올 테니까, 건강하게” 하고 말하자 친구는 “이제 그만 와도 돼. 난 지난밤이 내가 살아온 세월만큼이나 길었어. 그 정도면 충분해. 우리 이 작가랑 그렇게 긴 시간을 보낼 수 있었던 것도 행운이네. 좋은 글 많이 쓰고……” 하면서 작별인사를 했어. 순간 눈시울이 물러졌어. 난 울지 않으려고 눈에다 얼마나 힘을 줬는지 몰라.

"친구, 걱정 말게. 죽는다고 모든 게 단절되는 게 아니네. 얼마 전에는 저기 뒷산에 갔다가 겨울에 떨어진 솔방울 하나 주워 왔는데 그걸 집에다 놓으니까 솔방울이 벌어지는 거야. 오므리고 있는 게 벌어졌어. 신기하다 했더니…… 벌어진 사이사이로 씨앗이 쏟아져 나오더구먼. 이야, 신기하다. 대단하다, 솔방울은 분명 말라서 죽었는데, 솔방울 일부는 썩었는데…… 새끼를 낳으려고 죽은 살이 벌어지는구나. 대단해. 결국 죽어도 죽는 게 아니구나! 사람도 그래. 그냥 안 보일 뿐, 누군가의 기억 속에 남아 있고, 누군가의 핏속에 남아 있지 않는가? 영원한 거지. 다만 다르게 보이거나 안 보일 뿐. 내 웃음이, 내 기운이 자네한테도 흐르고, 우리 고향 강물로도 흐르고……. 허허허, 그런 것이지. 잘 가게. 여기까지 와줘서 고맙네." 그렇게 손을 흔들어주고는 멀어졌어.

오늘은 아주 길게 썼구나. 사실 이 이야기를 메일로 쓰려면 몇 년을 써도 끝이 없을 만큼 길어. 나도 영원 같았으니까. 못다 한 이야기는 나중에 들려줄게. 이제 마음이 많이 편해졌지? 너도 행복하기를 바란다. 아 참, 초님이한테 네 이야기도 했어. 초님이가 그랬어. 보지 않아도 네 얼굴이 떠오른다고 하더라. 넌 민들레를 닮은 아이래. 늘 긍정적이고 행복하게 살잖아?

23

★ 민들레처럼 살고 싶어요

보낸 사람 : 민들레 14.02.15 20:10

선생님, 안녕하세요? 그 언니도, 아니 샘의 그 친구 분도 안녕하시지요? 제발 건강을 되찾아서 저도 한 번 만나 뵙고 싶어요. 특히 저를 생각하고 민들레가 떠오른다고 하신 말씀이 너무 고마워요. 저도 민들레를 좋아하거든요. 제가 워낙 풀꽃을 좋아해서 무슨 꽃이 가장 좋다, 이런 표현을 안 써서 그렇지, 민들레는 제가 손으로 꼽을 정도로 좋아해요. 사실 민들레꽃을 닮고 싶어요. 식물과 사람의 느낌이 다르기는 해도 민들레는 늘 긍정적인 생각하는 생명체 같아요. 그래서 제 닉네임을 민들레로 바꾸기로 했어요. 몽상가도 나쁘진 않지만 민들레가 더 좋은 것 같아요.

샘, 근데 저는 요새 긍정적이지 못해요. 예전만큼 행복하지도 않고요. 긍정적으로 생각하고 마음을 먹으려고 해도 맘대로 안 된다는 걸 첨 알았어요. 제가 나이는 어리지만, 저는 스스로 불행하다고 생각하는 사람을 이해하지 못했거든요. 마음을 고쳐먹으면 되는데, 왜 스스로 불행하다고 자책할까? 근데 이제 알 것 같아요. 그건 맘대로 되는 게 아니더라고요. 아무리 생각을 긍정적으로 먹으려고 해도 이상하리만큼 맘대로 안 되더라고요.

요즘 제가 그래요. 제가 한때 사랑에 푹 빠졌다가 심하게 아팠지만 그래도 제 주위에는 나를 생각해주는 사람들이 많으니까 걱정할 것 없다. 행복하다. 저를 위해주는 친구들도 많다. 또 저는 공부도 잘하는 편이고…… 근데도 눈만 뜨면 부정적인 생각들이 몰려들어요. 그러다 보면 우울해져 있어요. 그런 분위기에 젖어들다 보면 아무것도 할 수 없어요. 무기력해져요. 그냥 혼자만 있고 싶어져요. 저번에 그 약을 먹었을 때보다 더 무기력해요. 그때는 아픔과 두려움과 무기력증이 되풀이되었는데, 이번에는 달라요. 아픔도 없고 두려움도 없어요. 아무 생각도 안 나요. 그냥 순간 멍해지면서, 제가 살았는지 죽었는지, 지금 뭘 하는지, 아무것도 느낄 수가 없게 돼요. 그런 무기력증이 더 두려워요. 차라리 그때처럼 아픔과 두려움이 동반된 무기력증이 낫다는 생각도 해요. 그렇게 아파한다는 건, 그렇다는 건 살아 있다는 증거잖아요? 근데 전 지금, 제가 살아 있다는 걸 때때로 의심할 때가 있어요. 죽어도 이럴까? 이러다 진짜 죽어버리는 건 아닐까, 그런 생각도 종종 하고요. 그래도 두렵다는 생각이 들지 않아요. 뭔가 이상해요. 제가 이상해졌어요.

시경 오빠하고는 연락하지 않아요. 아침에 눈을 뜨면 가장 먼저 떠오르는 얼굴! 그때마다 연락하고 싶어서, 목소리라도 듣고 싶어서, 당장 보고 싶다고……. 어찌어찌하면 전화번호는 알 수 있을 것 같은데, 꾹, 꾹, 꾹 참아내고 있어요. 그래도 보고 싶을 때는 오빠랑 좋았던 순간들을 떠올리고, 그러다가 우울해지면 그냥 발길 가는 대로 싸돌아다니기도 하고, 민수를 불러내서 하소연을 하기도 해요. 친구들은 연락 한 번 하지 않는 시경 오빠가 진짜 나쁘다고 하지만, 샘 전 그렇게 생각하지 않아요. 그동안 시경 오빠가 저를 좋아해주고 아껴주고 같이해준 시간들을 생각하면 오히려 고마워요. 그 오빠는 저한테 최선을 다했어요. 전 그게 진심이라는 걸 알아요. 저도 오빠를 엄청 좋아했고요. 그건 절대 후회하지 않아요. 그래도 이렇게 마음이 텅 빈 것처럼 이상해지는 것은…… 어쩔 수가 없네요. 아, 모르겠어요.

샘, 저도 그 노래 알아요. 김소월 시…… 〈개여울〉이라는 노래요. "당신은 무슨 일로 그리합니까, 홀로이 개여울에 주저앉아서 파

룻한 풀포기가 돋아나오고 잔물이 봄바람에 헤적일 때에, 가도 아주 가지는 않노라시던 그런 약속이 있었겠지요……."

이 노래는 아빠의 18번이랍니다. 아빠가 술만 드시면…… 갑자기 아빠가 보고 싶네요. 아빠는 다른 곳에 살아요. 샘, 안녕히 계세요.

★ 난 영원히 어른이 되지 못할 거야

보낸 사람 : 마법사 14.02.20 10:00

며칠 전 우리 딸이 스무 살이 되었단다. 그래서 간단하게 성인식을 하였어. 여러 가지 고민을 하다가 마당에다 나무를 한 그루 심기로 했어. 딸이 좋아하는 자두나무를 한 그루 사다가 마당가에다 심었어. 비록 우리 집은 아니지만 나무가 자라면 누군가는 따 먹을 수 있잖아? 딸이 정성껏 심고서 물을 주는 모습이 너무 보기 좋더라.

그런 모습을 보면서 불현듯 내가 진짜 어른인가 하는 생각을 했지. 내가 어린 시절에 본 어른이란 참 대단한 존재였어. 어른이란 기본적으로 아이를 낳아야 해. 그리고 누군가 죽으면 주체적으로 참여하여 장례식을 치러주는 사람이었어. 아무나 상여를 맬 수가 없었어. 마을 공동체에서 '저 사람은 어른이야' '이제 성인이야' 하는 인증을 해줘야만 상여를 맬 수가 있었어. 난 어서 어른이 되고 싶은 맘도 있었지만 솔직히 두려운 맘이 더 컸어. 어른이 되면 모든 걸 다 알아서 처리해야 하잖아? 누군가랑 사랑을 하고, 아이를 낳고, 그 아이를 길러내고, 누군가가 죽으면 그 뒤처리를 해야 하고……. 그때 난 차라리 나무가 되고 싶었어. 그냥 나무처럼 살다가 그렇게 늙어서 죽고 싶었단다. 그래서 딸한테도 나무처럼 살라고 했단다. 딸이 한동안 나를 보더니 "나무처럼……" 하고 곱씹었지만 더는 묻지 않더라. 난 그놈이 내 맘을 알고 있으리라고 생각해.

때론 생각이 흘러가는 대로 내버려두는 것도 필요해. 어쩌면 지금 네 시기가 그럴지도 몰라. 항상 네 몸을 믿고, 그렇게 흘러가기를 바란다.

어쨌든 해인아, 난 아직도 어른이 아닌 것 같구나. 여전히 난 두렵거든, 살아가는 것이. 또한 많은 것들이 자신 없고. 그래서 내가 불쑥 고향 어머니한테 물어봤더니…… 세상에, 어머니도 똑같이 말씀하셨어.

"나도 나이 팔십이 되었는데도 어른 같지 않아. 몸만 늙었지, 생각은 손톱에다 봉숭아물들이던 그 시절 그대로인디……."

그 말씀을 듣고서야, 모두가 그렇구나. 모두가 겉모습만 어른이지 마음은 아이인 상태로 살아가는구나 하는 생각을 했단다. 그러자 좀 마음이 편해지더라. 오늘은 그런 생각을 했단다.

24

★ 어느새 2학년이 되어 있네요

보낸 사람 : 민들레 14.03.06 01:00

샘, 편지가 너무 늦었어요. 사실 저는 요즘 거의 정신을 놓고 살아간답니다. 그냥 복잡한 생각 하지 않으려고, 단순해지려고, 엄마가 시키는 대로 공부에만 푹 빠져보려고 애쓰고 있어요. 그러다가 정신을 차려보니 제가 2학년이 되어 있네요. 샘, 저 이과 갔어요. 문과에 가서 외국어랑 역사랑 문학을 공부하는 쪽으로 장래희망을 이야기했지만 엄마한테는 통하지 않아요. 의대는 가고 싶지 않다고 해도 현실적인 이야기를 해대는 엄마의 눈빛을 당해낼 수가 없었어요. 어쨌든 의대에 가기 위해서는 훨씬 더 공부를 잘해야 한다고 다그쳤어요. 저는 최선을 다하겠다고 했고 엄마가 그 정도에서 저를 받아주기를 바랐어요. 근데 엄마는 단호했어요.

"다시 말하지만 최선을 다하는 건 아무런 의미가 없어. 반드시 좋은 결과가 나와야만 의미가 있는 거야. 흔히들 최선을 다하면 결과가 어찌 되었든 상관없다고 하는데…… 그건 그렇지 않아. 아무런 의미가 없는 거야. 차라리 놀아버리는 게 낫지. 그러기 위해서 더 좋은 학원, 더 좋은 선생님을 찾아 나서고, 노는 시간을 줄이고, 더 열공해야 하는 거야……."

반드시 좋은 결과가 나와야만 의미가 있다는 엄마의 눈을 보면서, 제가 자꾸 어디론가 쫓기는 것 같아요. 어제는 엄마한테 쫓겨서 무슨 붙박이장 같은 곳으로 뛰어들었는데…… 바닥이 없더라고요. 저는 비명을 지르면서 추락하다가 눈을 떴어요. 그런 꿈을 자주 꿔요.

타협이 불가능한 엄마의 눈빛. 반드시 전교 1등이라는 고지에 올라야만 풀리는 문제를 품고 있는 눈빛이란 저한테는 아무런 해답이 없어요. 죽든 살든 그곳에 가야만 하는 것 외에는요.

결국 제가 할 수 있는 건 없어요. 민수는 처음부터 저한테 비겁하지 마라, 그 말만 했어요. 피하지 말고 정면으로 맞서라, 하고요. 이과에 간다고 하니까, 가서 후회할 거면 첨부터 맞서라, 했지만 저는 엄마랑 싸워보지도 않고 백기를 들었어요. 근데, 근데, 근데…… 며칠 전부터는…… 아무런 생각이 안 들어요. 어떻게 되든 말든 엄마가 어떻게 하든 말든 그냥 아무런 생각이 안 들어요. 이게 대체 어떻게 된 거죠?

★ 제가?…… 아, 모르겠어요

보낸 사람 : 민들레 14.03.10 03:00

선생님, 안녕하세요? 저 해인입니다. 오늘은 갑자기 샘이 보고 싶어지네요. 오늘 학원에서 공부하다가 갑자기 샘 생각이 났어요. 머리가 어지러워요. 머릿속에 가시가 달린 덩굴이 가득 차 있는 기분이랄까요? 모르겠어요. 제가 정말 제대로 살고 있는지 어쩐지…….

새 학기를 시작하자마자 거대한 시험 하나가 괴물처럼 기다리고 있어요. 전국연합학력평가, 즉 전국단위 모의고사랍니다. 제 실력이 전국에서 어느 정도 되는지 알아볼 수 있는 기회죠. 작년 초에 본 모의고사는 중학교 때 실력이니까 크게 중요하지 않지만, 이번 모의고사는 진짜 고등학교 때 실력이고 대학입시를 어느 정도 예측할 수 있는 중요한 시험이래요. 근데 책도 안 잡히고 아무도 보고 싶지 않아요. 그냥 좀 쉬고 싶어요. 딱 한 달만⋯⋯ 그 누구의 간섭도 없이 살고 싶어요. 근데 엄마의 눈빛은 더욱 집요해지고 있네요. 학원도 더 빡센 곳으로 갈아탔고요. 내 모든 움직임을 엄마의 핸드폰으로 전송해주는 그런 곳. 그렇답니다. 엄마의 기도도 더 집요해졌어요. 엄마는 일부러 제가 집에 돌아올 때부터 기도를 하세요. 그 중얼거리는 소리를 제가 다 알아들을 수 있도록 목소리를 높여서 하세요. 제가 공부하고 잠들 때까지, 아니 그 뒤로도 쭉 하세요. 도대체 몇 시간이나 주무시는지⋯⋯ 하루에 한 두세 시간? 그래도 별탈이 없는지 걱정이 되기도 해요. 샘, 근데요. 전 잠자기 전에 귀를 틀어막아버려요. 그러고도 잠이 오지 않으면 약을 먹어요.

며칠 전 신경정신과에 갔어요. 민수가 너무 힘들면 참지 말고 그곳에 가라고 했거든요. 의사선생님이 수면제랑 안정제를 처방해줬어요. 그걸 먹으면 쉽게 잠은 오지만⋯⋯ 머리는 강아지이고 몸통이 사람인⋯⋯ 그런 아기가 초음파에서 꼼지락거리는 꿈을 꾸다가 영락없이 깨고야 말아요. 그렇게 깨고 나면 다시 잠들 수 없어요. 안정제랑 수면제를 몇 알이나 더 먹어도, 금지된 약을 먹었을 때처럼 정신이 몽롱해질 뿐 잠은 오지 않아요. 그런 날은 걸어도 걷는 것 같지 않고, 말해도 말하는 것 같지 않아요. 제 몸을 날카로운 송곳으로 마구 찔러보고 싶은 충동이 일어나기도 해요.

달리는 자동차를 향해 뛰어들고 싶기도 해요. 진짜 제가 살아 있는지 확인하고 싶어서요. 샘, 제가 살아 있는 건 확실할까요?

★ 기식이가 준 토끼
보낸 사람 : 마법사 14.03.10 15:04

해인아, 저번에, 네가 시경 군 어머니를 만났다고 했을 때 떠오른 아픈 기억이 있었어. 실은 그때 이 이야기를 들려주려고 했다가…… 괜히 너를 더 아프게 할 것 같아서 가슴속에다 묵혀뒀는데, 이제 들려주고 싶구나. 그냥 편안히 들어봐.

내가 초등학교 4학년 땐가 5학년 땐가 그건 확실하지 않아. 하루는 우리 집 앞에 있는 왕골논에서 십여 마리의 오리들을 보았어. 이웃집 오리들이 왕골논을 헤집고 있었던 거야. 왕골은 돗자리를 짤 때 쓰는 것이야. 모를 심듯이 논에다 심는데, 뿌리가 땅에 박히기 전에는 오리들이 들어가면 안 돼. 오리들이 넓적한 주둥이로 왕골뿌리를 다 뽑아낼 수가 있거든. 그래서 나는 오리들을 손뼉을 치면서 쫓아내고 있었어. 그때 기식이라는 친구가 와서 같이 오리를 쫓아주겠다고 한 거야. 기식이는 긴 대나무 막대기를 들고 와서 오리를 쫓았어. 그러다가 오리 한 마리의 머리를 툭 쳤나 봐. 막

대기에 맞은 오리는 그 자리에서 쓰려져버렸어. 당황한 기식이는 죽어가는 오리를 근처 풀밭에다 던져버리고는 달아났어.

그날 저녁에 이웃집 사람들은 오리 한 마리가 사라진 것을 알았고, 우리 왕골논에 오리털이 많이 빠져 있는 것을 확인했어. 이웃집 아저씨가 나를 추궁하였어. 나는 사실대로 말할 수밖에 없었지. 곧 기식이 불려왔어. 기식이도 울먹이면서 자기 잘못을 인정하는 분위기였는데, 기식이 어머니가 나타나면서 상황은 달라져버렸어. 기식이 어머니는 아들을 불러다가 한동안 이야기를 듣더니 죽은 오리를 찾아다가 내 앞에다 던지면서 매섭게 다그쳤지.

"니가 죽였잖아. 거긴 너흰 논 아니냐? 우리 논도 아닌데, 우리 기식이가 뭣 때문에 남의 오리를 죽였겠냐!"

어찌나 매섭게 쏘아보면서 추궁하던지 나는 당황하면서 제대로 대답을 못했어. 그 서슬에 진짜 큰 충격을 받았어. 어른이란 저런 거구나! 아니라고 말하고 싶었지만 말은 안 나오고 눈물만 하염없이 나왔어. 억울하고 분통했어. 기식이도 마음이 변해서 절대 자기가 한 일이 아니라고 하였어. 결국 내가 범인으로 몰려버렸지. 우리 어머니가 그 사실을 알고는 어른싸움으로 번질 뻔했는데, "어멈아, 참아라. 어린 것들이 뭘 훔친 것도 아니고, 살아 있는 목숨을 죽인 것인데…… 그걸 덮으려고 하다니, 참 모질다. 죄받는다. 그냥 우리가 물어주고, 저 오리를 해먹자." 그렇게 할머니가 말렸어.

그 말을 들은 이웃집 아주머니도 대충 상황을 짐작하고는 이렇게 말씀하셨지.

"그래, 맞소. 나도 애를 키우고 있고…… 애들이 살아 있는 오리를 죽였소. 그래서 추궁한 것이고…… 아이들이 이래저래서 그랬다고 잘못을 인정하고 용서를 빌면 다 용서받을 것을……. 시우할매, 보상할 것 없네요. 우리가 오리를 해먹을게요."

그리고는 이웃집 아주머니가 죽은 오리를 가지고 갔어.

그런 일이 있었어. 아무튼 그 뒤로도 기식이는 절대 그 사실을 인정하지 않았어. 기식이 어머니도 마찬가지였어. 다른 친구들이 그 이야기를 하면 싸움이 날 정도였어. 그러니 기식이를 아이들이 싫어할 수밖에 없었어. 결국 기식이는 점점 아이들 사이에서 멀어질 수밖에 없었어. 기식이 어머니는 당신 자식하고 놀지 않는 다른 아이들만 욕하고 다녔지. 정말 힘든 시간이었어. 늘 혼자 다니는 아이나, 그 아이를 보고 무섭다고 슬슬 피하는 다른 아이들이나 다 힘들었어. 요즘 왕따하고는 달랐지. 사실 나를 비롯한 대부분의 아이들은 기식이랑 놀고 싶었어. 근데 무서운 거야. 오리를 막대기로 때려서 죽여놓고도 죽이지 않았다고 한 기식이랑 기식이 엄마가 너무 무서웠어. 그래서 피한 거야.

그로부터 2년 정도 흘렀을 거야. 여름에 우리 원두막에서 친구들이랑 놀고 있었는데 기식이가 올라왔어. 친구들은 긴장하면서 입을 다물었지. 기식이는 미적미적 오더니 나를 불렀어. 그리고 바구니에서 토끼 새끼들을 끄집어냈어. 기식이는 토끼를 잘 키우거든. 작은 새끼들이었어.

"시우야, 사과할게. 그때 그 일…… 오리…… 미안해. 난 그럴 맘이 없었는데, 엄마가 그러지 말라고 해서……. 미안해. 용서해줘. 친구들아, 미안해. 그리고 이 토끼 내가 키운 거야. 한 마리씩 줄게. 나 용서해줘."

그러면서 울더라고. 내 눈에서도 눈물이 났어. 우린 서로 손을 잡아주거나 안아주지는 못했어도 "짜식, 다 잊어버렸다!" 하고 말해줄 수는 있었어. 다른 친구들도 "우리도 미안했다!" "토끼들이 진짜 예쁘다!" "야, 참외 먹어라!" 그렇게 소리치면서 기식이를 맞이하였어. 나는 그런 기식이가 얼마나 고마웠는지 몰라.

해인아, 부모들이란 그렇게 이기적이란다. 사실 나도 자식을 키우기 때문에 그런 일로부터 자유롭지 못해. 그래서 어른인 내가, 부모인 내가 싫을 때가 있어. 어쩔 수 없이 아이한테 집착해야만 할 때야. 결국 나는 네가 어머니를 이해해달라고 말할 수밖에 없구나. 어른인 네 어머니를 설득하는 것보다 네가 이해하는 편이 더 쉽기 때문이야. 물론 그것 때문에 네가 많이 힘들어하겠지만 그래도 난 그렇게 말할 거야. 왜냐면 너희들이 우리 기성세대보다,

우리 어른들보다 훨씬 더 열려 있으니까. 해인아, 이렇게밖에 말할
수 없는 내 자신이 부끄럽지만 그래도 이건 내 솔직한 고백이야.
너희들이 우리 어른들보다 훨씬 나아. 난 그렇게 생각해. 힘들어도
네 말처럼 늘 웃고 씩씩하게 살자!!

25

★ 저도 그런 엄마가 되어간다면……

보낸 사람 : 민들레 14.03.15 02:41

샘, 모의고사 성적이 나왔어요. 반에서 5등, 전교 석차는 30위 밖으로 밀려났고……. 전 놀라지 않았어요. 왜냐면 전 이번 모의고사 준비를 전혀 할 수가 없었거든요. 아무리 마음을 잡으려고 해도 그럴 수가 없었어요. 그래서 한 번 내버려두고 싶었어요. 과연 내가 어디까지 추락하나, 그 끝은 어딘가? 솔직히 말씀드리자면 제 예상보다 훨씬 좋은 성적이었고, 그래서 은근히 안심하면서 제 자신을 격려했고, 제 자신에게 고맙다고 하였어요.

물론 엄마는 달랐어요. 엄마의 눈에서 원폭이 터지는 것 같았어요. 전 사실대로 말했어요. 간절하게 절 믿고 참고 기다려달라고 부탁했어요. 실망시키지 않겠다고 울먹이기도 했어요. 엄마는 기다릴 수 없다고 했어요. 여기서 더 주춤거리면 다른 경쟁자들의 발에 치여 뼈도 추릴 수 없다고 하였어요. 우린 이때부터 한마디도 통하지 않았어요. @#$%^&*…… 엄마의 입에서 시경 오빠 때문이라는 말까지 나왔어요. 또다시 시경 오빠를 사탄으로 몰고 가다니, 아 지긋지긋해요. 진짜 화가 났어요. 저는 그만하라고 소리쳤어요. 왜 지금은 만나지도 않고 있는 그 사람 탓인가요? 왜 꼭 그렇게 말해야만 할까요? 전 아직도 오빠 이름만 들어도 보고 싶은데, 미국이 아니라 달나라에서 산다고 해도 달려가서 보고 싶다고 하고 싶은데, 제가 오빠를 잊으려고 얼마나 애를 쓰고 있는데, 그런 사람을 들먹이다니……. 도대체, 도대체, 엄마는 제가 어떻게 하기를 바라는 걸까요? 아, 미쳐버릴 것 같았어요.

엄마는 멈추지 않았어요.

"딸, 엄마 말 잘 들어봐. 다시 말하지만 넌 몇 년만 지나도 엄마한테 고맙다고 할 거야. 확신해. 지금은 그걸 모를 수밖에 없어. 이상과 현실이 얼마큼 다른지……. 하지만 곧 깨닫게 돼. 니 나이에는 그런 판단을 할 수가 없어. 그래서 엄마가 이렇게 말하는 거야. 너 남자 친구 사귄다고 할 때도 마찬가지야. 뻔히 어떻게 될지 알기 때문에…… 결국…… 봐, 어떻게 된 거야? 최악의 상황이었잖아? 그래, 이제 엄마가 솔직하게 말하지. 넌 그때 임신한 게 아니었어. 임신증후군이었어."

"임신증후군이라니?"

저는 너무나 놀랐어요.

"있어. 그런 증상은 심한 스트레스를 받으면 흔히 나타나. 생리가 안 되고, 토하고, 어지럽고……."

"말도 안 돼. 근데 왜 병원에 입원했을 때 사실대로 말해주지 않았어?"

제 입이 경련을 일으켰어요.

"그게 중요하다고 생각하지 않았어. 어쨌든 넌 임신한 줄 알고 그 이상한 약을 먹었고, 그래서 간이며 신장, 위, 자궁까지 심하게 망가진 상태였으니까……."

"그래도 말을 해줬어야지. 난 진짜 임신…… 진짜 아기를…… 엄마, 어떻게 그럴 수가 있어? 엄마도 아기를 낳아보았잖아? 난, 난, 난 진짜 아기를…… 그렇게…… 한 줄 알고 얼마나 힘들어했는데, 그것 때문에 지금도 잠을 못 자고, 얼마나…… 엄마가 어떻게……."

자궁이 다시 아파오는 것 같았고, 손과 발이 오그라드는 것 같았어요.

"딸 침착해. 물론 그럴 수도 있겠지만 엄마는 더 넓게 생각했다. 지금 당장은 너한테 임신하지 않았다는 게 위로가 될 수는 있겠지만, 현실은 임신한 거나 안 한 거나 차이가 없었어. 이미 벌어질 일은 다 벌어진 상태였고……."

"엄마, 솔직해지자. 엄마한테는 내가 임신했다가 낙태한 편이 더 나았겠지. 그래야 나를 더 효과적으로 통제할 수 있을 테니까. 더 이상 남자 친구도 사귀지 못하게 할 수 있고, 다른 생각도 하지 못하게 몰아붙일 수 있을 테니까. 근데 임신이 아니었다고 하면 상황이 달라질 수도 있다고 생각했겠지. 내가 또 남자 친구를 사귈까 봐 불안하기도 하고, 미국에 간 시경 오빠랑 다시 시작할까 봐 겁이 나기도 했을 테고, 그래서 일부러…… 의사 선생님까지 입을 맞추고 그랬겠지. 난, 난, 진짜 아기가…… 그래서 얼마나, 얼마나…… 지금도 아기가 나오는 꿈을 자주 꾸는데……."

엄마는 부정하지 않았어요.

"난 그게 잘못이라는 생각 안 한다. 그게 엄마의 최선이었어. 약을 먹지 않았다면 모를까, 약 때문에 일이 벌어질 만큼 다 벌어진 마당에……. 그러나 이건 진실이야. 엄만 널 한 번도 꾸짖을 생각이 없었어. 그저 안쓰러웠어. 왜, 엄마 말을 들었으면 이런 일이 안 생길 텐데……. 그래서 안타까웠어. 조금만 냉정하게 대처했더라면 이런 일이 없었을 텐데……. 그러나 니 나이 또래에서는 그럴 수밖에 없다고 생각했어. 불안하니까, 불안한 존재이니까, 몸에서 나타나는 사소한 현상만 보고는 임신이라고 단정해버릴 정도로 불안한 존재야. 넌 그런 존재야. 분명 소변 테스트기로 임신 여부를 검사했겠지. 그래 봤자 뭐해? 이미 스스로 임신이라고 단정하고 있기 때문에 소변 테스트에서 양성이 나왔는지 음성이 나왔는지 기억도 없을걸. 엄마는 그렇게 너희들이 불안한 존재라는 걸 알기 때문에, 또한 그런 시절을 거쳐왔기 때문에, 누군가 옆에서 잡아주었다면 지금보다 훨씬 나은 삶을 살고 있을 텐데 하는 아쉬움이 들기 때문에, 널 도와주려고 하는 거야."

저는 더 이상 엄마의 말을 들을 수가 없었어요. 저는 제 뱃속에 있는 모든 것들이 다 튀어나오도록 소리쳤어요.

"그~마아안, 그마~아안 하라구우!"

그리고 뛰쳐나왔어요.

저는 엄마를 이해할 수 없어요. 세상 모든 엄마들이란 다 그런 존재일까요? 시경 오빠 어머니도 그랬고…… 다들 그런 걸까요? 만약 그렇다면 여자인 저는 어떻게 해야 하나요? 저도 그런 엄마가 되어가야 하나요? 샘, 싫습니다. 만약 모든 여자들이 그렇게밖에 될 수 없다면 전 그냥 엄마 아닌 채로 살아갈래요. 앞으로 제 미래가 어찌 될지 몰라도, 설령 결혼을 못한다고 할지라도 엄마 아닌 채로 살아갈래요. 그냥 반쪽 여자로 살아간다고 해도 우리 엄마처럼 살아간다고 생각하니 끔찍해서 견딜 수가 없어요.

새벽 2시가 넘었어요. 여기는 시내 편의점 앞이에요. 핸드폰을 끄지도 않았어요. 엄마한테는 아무런 연락이 없어요. 동생한테만 몇 차례 연락이 왔는데 엄마가 얼마나 화가 났는지, 소파에서 석고상처럼 굳은 표정으로 세 시간째 꼼짝도 하지 않고 있대요. 이럴 때 샘은 당연히 저한테 먼저 연락하라고 하시겠지요? 싫어요. 엄마는 엄마고, 저는 저라는 생각이 들어요. 민수 말처럼 더 이상 비겁해지지 않으려고 해요.

샘, 그래도 새봄이 오면 밝은 소식 전해드려야지 하고 있었는데 오늘도 이런 소식을 전하고 말았어요. 죄송합니다. 그리고 항상 감사드립니다.

★ 두근두근 다가오는 봄
보낸 사람 : 마법사 14.03.23 23:09

오늘은 갑자기 민수 군이 찾아왔구나. 전국 자전거 일주를 하는 길에 일부러 이곳에 들렀다고 하더라. 첨 보는데도 낯설지 않더라. 그냥 첫눈에 알아봤다. 훤칠한 키, 창백할 정도로 하얀 피부, 머리를 노랗게 물들였지만 어쩔 수 없이 범생이처럼 보이는 순한 얼굴, 허공을 보면서 소탈하게 웃는 모습이 매력적이더구나. 네가 오지 않아서 아쉽다. 민수 군이 너랑 같이 오려고 여러 차례 연락을 했지만 도무지 네가 전화를 받지 않는다고 하면서 걱정하더라. 네가 많이 힘들어하는 것 같다면서, 나랑 같이 밥 먹는 내내 네가 혹시 엉뚱한 생각을 할까봐 걱정된다고 하였어. 나는 아무런 걱정을 안 한다고 했어. 나 역시 네가 얼마나 힘들어할지도 알아. 그렇지만 네가 민수 군이 생각하는 것처럼 엉뚱한(?) 생각을 할 정도로 약한 친구가 아니라는 것도 잘 알아. 계속 말하지만 난 네가 살아가는 그 특유의 힘을 믿어. 한해인이라는 생명체의 힘, 저 산과 들에서 자라는 풀꽃처럼 봄을 밀고 올라가는 그 특유의 힘. 초등학교 4학년 때부터 메일을 주고받았으니까, 햇수로 8년째야. 시간이 흐를수록 그런 믿음은 더 강해지고 있어. 그래서 전혀 걱정하지 않는다고 했어. 해인아, 분명한 것은 말이야. 세상은 참 공평하더라. 나쁜 일이 있다고 해서 다 나쁜 게 아니더라. 나쁜 일 다음에는 반드시 좋은 일이 생겨. 나는 그런 순리를 믿어. 나를 봐라. 난 문학하고는 전혀 먼 소년이었는데, 고교 시절에 찾아온 그 불행이 작가로 만들었어. 그렇더라. 오르막이 있으면 내리막이 있고, 내리막이 있으면 오르막이 있는 것, 그건 그 어떤 경전의 구절보다 가치 있는 진리란다.

지난 한 달간 그림 한 장 그렸어. 초님이랑 같이 소를 타고 그 복사골로 가는 장면이야. 봄이 막 발랄하게 뛰어다니는 그때에 보이는 산은 다 달라. 나무마다, 꽃마다, 돌마다…… 다 달라. 모든 게 다 달라. 난 그걸 그렸어. 그림을 초님이한테 보냈어. 어제 초님이한테 답장이 왔어. 그 그림을 찍어서 만든 작은 엽서였는데, 거기에 "친구, 고맙네! 봄이 두근두근 오고 있네. 이 봄이랑 잘 놀게나" 하고. 근데 오늘 초님이가 20일 전에 이 세상을 떠났다는 것을 알았어. 초님이 남편하고 통화를 했거든. 이미 장례까지 다 치렀다고. 화장해서 숲에다 뿌렸다고. 알리지 않았던 것은 초님이의 뜻이었다고, 이해해달라고 하더라. 그런데 엽서에 적힌 글씨가 분명 초님이가 쓴 것이었어. 난 알거든. 이게 대체 어떻게 된 일일까? 어쩌면 내가 보낸 그림을 진짜 초님이가 받아보았는지도 몰라. 그래서 그 엽서에 대한 것은 일부러 묻지 않았어. 초님이가 잠시 이 세상에 와서 엽서를 보내는 거라고. 난 그랬을 거라고 믿어. 해인아, 너도 두근두근 다가오는 봄이랑 잘 놀아라. 행복해라. 힘내고.

26

★ 세상에서 가장 특별한 이시우 친구님께

보낸 사람 : 민들레 14.03.26 04:17

꼭 한 번 선생님을 '친구'라고 불러보고 싶었습니다. 그래서 용기를 내어 "사랑하는 저의 특별한 친구님……" 하고 불러봅니다. 친구라는 말이 어색하기도 하고, 그래서 계속 선생님이라고 불러야 할 것 같지만…… 그래도 힘껏 다시 "세상에서 가장 특별한 이시우 친구님……"이라고 불러봅니다. 오늘은 이렇게 말하는 것도, 제가 살아 있다는 것도 다 뭉클해져요. 그동안 선생님이 보내온 편지를 다 읽어보았어요. 정말 우연히, 작가라는 세계를 들여다보고 싶어서 그런 호기심 때문에 용기를 내어 메일을 드렸을 때가 아련히 떠올라요. 선생님의 답장을 받고 기뻐서 막 친구들한테 자랑하고 싶었던 순간들도 떠오르고요. 저한테 그런 용기가 있었다니, 아무리 생각해봐도 믿어지지 않아요. 아마도 제 맘속으로 누군가 슬쩍 들어와서 저를 도와주고 간 것 같았어요. 그렇게 선생님께 살아가는 제 이야기를 한 장 한 장 풀어놓기도 했고, 제가 알지 못하는 어른의 세계를 가진 작가 선생님의 따뜻한 목소리를 들으면서 저는 8년이라는 세월을 보내왔습니다.

"비록 너하고 나이가 많이 차이나고 살아가는 방식 생각 다 다르지만, 난 부모가 아니라 너의 친구로서 너를 대하려고 한다"는 선생님의 글을 보자 눈물이 핑 돌려고 하네요. 그 말씀처럼 선생님은, 저한테는 너무너무 특별한 친구였습니다. 새삼 제가 얼마나 복 받은 아이였는지 알았어요. 그래서 선생님께 사랑한다는 말을 꼭 하고 싶었어요. 언젠가 선생님이 그러셨지요. 우리는 너무 사랑한다는 말을 남발한다고요. 그래서 때로는 사랑이라는 말이 모호해지기도 하고, 그저 솜사탕처럼 달콤하고 보기 좋아 보이지만 실제 삶하고 먼 인사치례용 말이 되고 있고요. 그래도 좋습니다. 저는 오늘 꼭 선생님께 사랑한다는 말을 하고 싶었어요. 제가 사랑했던 시경 오빠한테 마음속으로 수백 번 부르짖었던 사랑한다는 말보다 선생님을 사랑한다는 말이 더 실제적으로 가슴을 뭉클하게 합니다.

사랑의 빛깔이 어떤 것인지 그건 모르지만, 한해인이라는 생명체의 영혼을 걸고 선생님을 사랑합니다. 늘 저를 믿는다고 해주신 어떤 절대자 같은 친구님…….

……그렇습니다. 선생님, 이미 눈치 채셨지요. 지금 제가 선생님께 어떤 말을 하고 있는지요. 아마도 이 글이 선생님께 마지막으로 보내는…… 예, 그렇게 될 것 같습니다. 최근 일주일간 많은 생각을 했어요. 집을 나가기도 했고, 엄마랑 같이 큰 소리를 주고받으며 싸우기도 했고요. 아무리 그렇게 발버둥을 쳐도 해결된 것은 아무것도 없어요. 점점 엄마의 눈빛이 강해질 뿐. 이러다가는 제가 정말 엄마를 미워할 것 같아요. 어쩌면 제가 엄마를 죽일지도 몰라요. 그만큼 엄마를 미워하게 될지도 모른다는 생각이 저를 힘들게 합니다. 그러고 싶지 않아요. 살아가면서 저를 낳아주고 길러주신 그 신을 미워하고 저주하면서 어찌 살 수가 있겠어요? 그러기 전에, 제 마음속 상처가 더 깊어지기 전에, 그 어떤 결단을 내려야 할 것 같아요. 날마다 잠들 때마다 '내가 누굴 위해 살지? 내가 뭣 때문에 살지? 내가 엄마 때문에 사는 게 아니잖아?' 하면서 점점 미워지는 그 얼굴을 위해서, 제가 할 수 있는 게 무엇인지 급하게 찾아다녔어요.

……비겁하지 않으려고 했어요. 전 결코 이런 저의 선택이 비겁한 행동이라고 생각하지는 않아요. 이것도 저만의 최선이라고 생

각해요. 언젠가 선생님이랑 자살에 대한 이야기를 주고받았던 기억이 나요. 자살이란 단어는 제 삶하고는 먼 곳에 있는 별 같은 것인 줄 알았어요. 그 어떤 끔찍한 일을 당해도 악착같이 버틸 자신이 있었거든요. 끔찍한 성폭행을 당해도, 매 맞고 다녀도, 왕따를 당해도, 돈 없어서 화장실에서 똥 치우고 다녀도, 말기 암에 걸리고, 다리가 잘리는 한이 있어도 살 수 있을 것 같았어요. 그런데 지금은 어느새 생각이 달라져 있네요.

"아하, 이래서 사람들이 자기의 소중한 목숨을 끊는구나!"

조금은 알겠어요. 이렇게 저만 없어지면 모든 것이 해결되는 상황이라면 얼마든지 그렇게 할 수 있다는 생각이 들어요. 지금 상황은 제가 사라져야만 해결이 되는 문제이거든요. 그렇지 않고서는 엄마가 절대 포기하지 않을 것이고, 저는 엄마한테 질질 끌려다니다가 결국은 미워하고 저주하다가 더 엄청난 파국에 이르고야 말 테니까요.

……오늘 버킷리스트를 작성하면서 다시 생각해보았어요. 죽기 전에 해보고 싶었던 일들……. 선생님, 생각보다 제가 많은 일을 하면서 살아왔다는 걸 알았어요. 그리고 제가 살았던 18년이라는 세월 역시 결코 짧지 않다는 것도 알았어요. 시간이란 늘 상대적인 개념이잖아요? 다른 사람들은 18년이라는 세월이 짧았다고 하겠지만 전 그렇게 생각하지 않아요. 정말 길고 아름다웠던 시간이

었더라고요. 다만 아쉬운 것은요…… 황당하지만요, 아기를 한 번 가져봤으면, 한 번 낳아봤으면, 한 번 길러봤으면…… 어떨까? 어미란 어떤 존재일까? 그런 생각이 맹렬하게 맴돌이쳤어요. 차라리 임신을 했었더라면, 그리고 낳아버렸더라면…… 선생님, 이상하게도 그런 생각만이 자꾸 자꾸 자꾸 들었어요. 그것만 빼고는 버킷 리스트를 하면서도 크게 아쉽지 않았어요.

선생님, 이건 유서는 아니니까,(유서라는 말은 쓰고 싶지 않습니다. 저는 죽는 게 아니라, 단절되는 게 아니라 저만이 꿈꾸는 어딘가로 사라지는 것이니까요) 절대 공개하지 말아주셨으면 합니다. 따로 부모님에게는 간단한 편지를 쓰려고요. 민수랑 다른 친구들한테도 편지를 남기려고 해요. 그러니 제가 생각나면 계속 편지를 써서 제 메일로 보내주세요. 저도 어딘가에서, 그것이 저승이든 3차원 4차원의 세상 아니면 또 다른 어느 세상이든지 샘의 편지를 읽고 답장을 하겠습니다.

선생님, 다시 한 번 그동안 감사했습니다. 그리고 선생님을 봄비처럼 사랑합니다. 선생님, 아니 친구님. 영원 속에 남고 싶습니다.

나가면서

★ 깊은 숨을 들이쉬고……

보낸 사람 : 민들레 44.06.11 20:49

스콧, 안녕? 벌써 이곳 콩고민주공화국에 들어온 지 3개월이 지
났구나. 당초 예상보다 몰려드는 피난민들이 많아서 그동안 정신
이 없었단다. 우리 캠프는 약 1만 명 정도 수용하는 것을 예상하고
지어졌으나 이미 4만 명이 넘어선 상태야. 그 정도이니 사막 위에
거대한 도시 하나가 들어선 셈이지. 우리가 할 수 있는 능력의 한
계가 이미 오래전에 드러나버렸고, 그래서 우리는 유엔을 비롯하
여 세계 여러 나라에 도움을 요청해놓은 상태야. 하지만 안타깝게
도 미국을 비롯하여 여러 나라들의 이해관계가 얽혀 있어서 도움

을 받기도 쉽지 않은 상태야. 열흘 전부터는 반군과 정부군의 전쟁이 더욱 격렬해지고 있어. 대포는 물론 헬기까지 동원하여 공세를 펼치고 있기 때문에 난민들은 계속 늘어나고 있단다. 사흘 전에는 난민캠프에도 포탄이 떨어져서 수많은 사람들이 죽었고, 같이 일하던 동료 두 사람이 죽었어. 동료의 죽음을 보자 분노하기도 했고, 두려워서 도망치고 싶기도 했고, 무기력해지기도 했어. 그때 난 나에게 이렇게 말했어. 난 나를 믿어, 난 나를, 하나의 생명체로 생겨나서 살아가고 있는 힘을 믿어, 하고. 그러자 이상하게도 힘이 솟았어. 난 힘들 때마다 그렇게 해. 살아오면서 아슬아슬했던 시기도 있었지. 여러 번…… 숨 쉬기도 힘들었던 순간들이 있었단다. 특히 고등학교 2학년 때 자살을 하려고 화장실에서 목을 매는데…… 나를 믿고 지지해주던 눈빛이 떠올랐어. 별빛 같은, 씨앗 같은 친구들의 눈빛이 떠오르자…… 나도 모르게 웃음이 나오고 울음이 나오고…… '아, 나만 나를 믿지 못했구나! 미안하다, 몸아, 손아, 발아, 코야, 눈아, 귀야!' 하고 막 내 몸을 어루만지면서 울었어. 누가 보건 말건 누가 듣건 말건 밤새도록 화장실에서 울고 나니까 온몸의 힘이 다 빠져나가서 그대로 누워 있는데, 몸에서 무슨 소리가 들리더라고. '괜찮아, 넌 잘 살 수 있어. 넌 행복하게 살 수 있어.' 그 소리를 들으면서 몸을 일으키는데, 그 전에는 느낄 수 없었던 힘이 느껴지더라고. 꼭 내가 나팔꽃 같은 덩굴이 되어 무엇인가를 휘감고 올라가는 듯한 느낌이랄까? 화장실 문을 열고 나오자마자 기도하고 있던 엄마하고 마주쳤어. 난 온몸에다 힘을 주면서 말했어.

"난 살 거야. 이제부터는 불쌍한 나를 위해서 열심히 살 거야!"

스콧, 내가 어떻게 해서 국경 없는 의사회에서 활동하게 되었는지 알고 싶다고 했지? 그건 김민수 박사님 때문이야. 나는 10년 전부터 세계 모든 어린이들이 행복하게 사는 세상을 꿈꾸며 만들어진 국제 유니세프 회원으로 아프리카에서 활동하고 있었어. 나는 영어를 비롯하여 독일어, 이탈리아어, 프랑스어, 스페인어, 스와힐리어 등 아프리카에서 쓰이는 거의 모든 언어를 다 구사하거든. 김 박사님은 그런 내가 필요하다고 했고, 나는 기꺼이 같이하겠다고 하였어. 그만큼 내가 존경하는 분이었으니까. 나는 환자들을 치료하는 일만 빼고는 다 해. 캠프를 직접 치기도 하고, 때론 환자들을 씻기고 밥을 먹이는 일도 하고, 대변인 역할을 하기도 해. 캠프가 설치되면 그곳 정부와 소수민족들하고 소통을 해야 하고, 가끔씩 우리 회원들이 납치되기도 하는데 그럴 때면 내가 중재에 나서기도 하고…… 힘들기도 하지만 재미있어. 다만 서울에 있는 가족들하고 많은 생활을 하지 못하는 게 아쉽기는 하지만 그건 어쩔 수 없다고 생각해. 다행히 우리 가족이 나를 잘 이해하고 지지해주고 있어. 특히 우리 쌍둥이 딸들은 초등학교 때부터 나를 아주

자랑스러워했거든. 지금은 둘 다 대학 졸업반이야.

아, 그리고 김 박사님하고 어떤 사이냐고? 그건 비밀!^^ 다만 우린 아주 특별한 사이라는 것.ㅜㅜㅜ 내가 아주 존경하고 좋아한다는 것?? 김 박사님이 의사가 된 건 나 때문이래. 내가 고등학교 때 금지된 약을 복용하여 몸이 많이 아팠거든. 원래 김 박사님은 철학을 공부하고 싶어 했어. 근데 나를 보고 의사가 되고 싶었대. 몸과 마음이 아픈 청소년들을 치료해주는 의사가 되고 싶었대. 그래서 철학 공부를 한 다음에 다시 의대에 진학하여 의사가 되었고 국경 없는 의사회에 가서 우리보다 힘들게 살아가는 사람들의 친구가 된 거야.

스콧, 우간다 G캠프에서 너를 처음 만났을 때가 생각나는구나. 다리를 총에 맞은 소년병. 들것에 실려 오는 널 보는 순간 내 심장은 잠시 멎어버렸어. 넌 그때 열한 살이라고 했지만 내 눈에는 일곱 살이나 여덟 살 정도로 보였어. 세상에, 어떻게 이런 아이한테 총을 주고 누군가를 죽이라고 할 수가 있단 말인가. 너를 보면서 난 많이 절망했어. 그런데 넌, 곧 죽어버릴 것 같았던 어린아이가 그 힘든 수술을 이겨내고 금세 일어나는 거야. 그걸 보고 다시금 살아가는 것들의 위대함을 느꼈어. 그때 난 널 보고 많은 걸 배웠어. 그건 진심이란다. 늘 네가 고맙단다.

스콧, 지금은 바빠서 자주 답장을 하지는 못했지만, 그래도 최선을 다해서 답장을 할게. 당연히 네가 궁금해하는 것, 나의 아주 특별한 친구에 대해서도 이야기해줘야지. 이미 네가 눈치챘겠지만 사실 난 이미 오래전부터 너한테 그 친구 이야기를 하고 있었어. 네가 부대로 복귀하려고 난민캠프를 탈출하던 그날 밤, 내 손에 끼고 있었던 그 오래된 뿔반지를 너한테 주던 그 순간부터 이미 그 이야기가 시작되었어. 그 반지는 나의 아주 특별한 친구한테 물려받은 것이니까. 그랬기 때문에 너를 보내면서도 불안하지 않았어. 네가 어디로 가든, 난 널 믿었어. 다시 총을 잡든, 무슨 일을 하든, 절대적으로 널 믿었어. 나는 이 세상 사람들이 부르짖는 거의 모든 신을 믿지만, 그것보다 더 믿는 것은 살아 있는 생명이야. 그중에서도 어린아이들을 절대적으로 믿어. 그래서 6개월 뒤에 네가 부대를 탈영했다고 하면서 피투성이로 들이닥쳤을 때도 놀라지 않았고, 네가 심한 우울증으로 마약중독이 되어 자살을 시도했다고 했을 때도 크게 놀라지 않았어. 당장은 힘들어도, 이겨낼 것이라고 확신했어. 너희 부족들이 사는 땅을 봐. 가뭄에 땅이 쩍쩍 갈라지고, 풀과 나무들이 타들어가지만, 너희 조상들은 풀과 나무를 믿고 살아왔잖아? 그것들은 끝내 이겨냈잖아? 난, 너도 그럴 거라고 확신했어.

스콧, 항상 너 자신을 믿고, 너 자신을 격려해주고, 너 자신을 자랑스러워해라. 그리고 행복해라.^=^

이해와 존중이
공존할 때 '친구님'

— **김선영** (소설가)

1. 만남

내가 이상권 작가(이하 그)를 처음 만난 것은 17년 전 『하늘로 날아간 집오리』라는 생태 동화집을 통해서였다. 당시 초등학생이었던 우리 아이들은 그 책을 무척 좋아했다. 그 무렵 나도 생태에 관심이 있던 터라 처음 만나는 생태 동화에 쏙 빠져들었다. 그 당시만 해도 변변한 식물도감 하나 구하기도 쉽지 않은 때였다. 생태 지식을 넘어 벌써 이렇게 동화로 재탄생시키다니. 생태 지식과 경험이 녹아들지 않으면 이렇듯 실감나는 동화가 나오겠나 싶은 생각이 들어, 그를 저 높이 저 멀리 계신 작가님으로 꼽아놓게 되었다.

그러다가 4년 전 그와 통화할 일이 생겼다. 나는 문학상 당선 통보를 받은 뒤 인터뷰를 위해 심사위원 한 분과 통화하기로 되어 있었다. 그분이 바로 이상권 작가이다. 책에서만 보았던, 존경해마지 않는 작가 선생님과 통화를 하게 되다니, 내심 긴장감이 돌며 살짝 설레기까지 했다. 17년 전부터 이어져 온 거미줄 같은 인연이 햇빛을 받아 눈앞에 반짝하고 드러나는 순간이 그려지기도 했다. 목소리가 푹신했다. 아주 따듯했으며 심사위원을 넘어 문단 선배로서 흔쾌히 축하의 말과 함께 큰 상을 받은 후배가 부럽다는 말도 덧붙이며 무명인 나를 같은 작가 반열로 존중해주는 착각마저 들게 했다. 그 후 메일을 주고받으며 인터뷰를 했고 등단 이후 문단에서 거의 혼자라고 여길 만큼 친분을 쌓지 못한 나는 처음으로 선배님이라고 부르고 싶은 욕심이 일었다. 그래서 선배님이라고 불러도 되겠느냐고 여쭸다. 어쩌면 되바라진 제안일 수 있었다. 선생님이라고 불러도 모자라다는 것을 알고 있었다. 그래도 욕심이 났다. 문단 선배이기도 하지만 오랫동안 생태에 관심을 갖고 그것을 글로 표현한다는 점에서 단박에 친숙한 느낌이 들어 일방적인 제안이라는 것을 알면서도 욕심을 냈다. 그는 흔쾌히 받아주었다. '나 또한 선배도 없고 후배도 없이 홀로 버틴 작가'라고 급 만난 후배에게 좀처럼 하기 어려운 고백까지 보태며 반겼다. 참 맑은 분이구나, 하는 생각이 들었다. 그 맑음을 증명하듯 만날 때마다 입가에 한껏 웃음을 머금고 반겨준다.

살면서 나는 가끔 그런 질문을 한다. 만남은 예정되어진 것인가? 만날 사람은 언젠가 만난다는 말이 아직도 실감이 나지는 않는데. 살면서 스친 만남은 얼마나 많으며 소홀히 여겨 놓친 인연 또한 얼마나 셀 수 없던가. 수많은 만남 중 특별한 인연으로 맺어지는 것은 어떤 힘에 의해서이며, 어떤 조건이 성립되었기에 친구나 연인, 혹은 그냥 아는 사람으로 정리되는 것일까? 그것이 운명이라는 것인가?

『친구님』은 만남과 인연, 운명, 그리고 친구에 대해 많은 생각을 불러오게 하는 작품이다. 그의 폭신한 목소리만큼이나 청소년을 바라보는 따뜻한 시선을 담뿍 느낄 수 있었다. 입시 위주의 교육 풍토에 숨막혀하는 현시대의 청소년과, 시대는 다르지만 그들처럼 힘든 경계의 강을 건넌 한 어른의 청소년기 이야기가 주고받는 이메일을 통해 교차된다. 씨실과 날실처럼 다른 것 같으면서도 같은 이야기가 섬세하게 직조되어 있다. 인간의 내면은 풀꽃처럼 연약한 모습이다가도 어느 순간 들풀처럼 강한 생명력을 가지고 있다는 이야기이기도 하다.

삶은, 만남으로 인한 그 만남이 또 다른 만남으로 이어진 거미줄 같은 실선과 시간이 보태어져 진행형으로 흘러가는 것이라고 생각한다. 작품 속 '마법사'와 '몽상가'와의 만남, 초님과 시우의 만남, 민수와 해인의 만남, 해인과 시경의 만남, 스콧과 해인과의 만남 등. 이들은 만남 속에서 위로를 받으며 사랑하고 성장하기도 하지만 상처를 주고받기도 한다. 사랑과 상처, 위로와 성장의 공통분모는 '친구'이다.

2. 친구의 조건

어렸을 때는 성을 떠나 같은 또래라면 친구라고 했다. 한 살이라도 많거나 심지어 개월 수까지 철저히 따져 언니, 오빠, 형이라고 불렀다. 고학년이 되고 중, 고등학생이 되면 이성 친구는 어렸을 때 부른 친구라는 통칭에서 벗어나 다른 색깔을 띠게 된다. 그냥 친구라고 아무리 얘기해도 순수하게 봐주지 않는 게 이성 친구이다. 그래서 알게 모르게 친구란, 또래 정도로 한정하는 인식을 갖고 자라게 된다.

『친구님』에서는 나이는 물론 동성의 틀을 벗어난 친구관계를 보여준다. 닉네임이 마법사인 시우는 오십이 넘은 작가이고 해인은 현재 고1 학생이지만 그들은 스스럼없이 비밀을 털어놓으며 메일을 주고받는다. 일상을 중계하듯, 제 단짝친구에게 수다 떨 듯 이야기한다. 작가인 시우는 해인을 아주 소중한 친구로 존중해주고 해인 또한 누구한테도 보여주지 못한 속내를 시우에게 털어놓으며 숨 막히는 일상을 견뎌나간다. 시우는 그런 해인을 받아주며 그녀를 통해 자신의 힘들었던 청소년기를 반추하고 인생의 가장 소중했던 어릴 적 친구, 초님을 찾는다.

초님은 시우의 어릴 적 친구지만 나이 차이가 꽤 난다. 시우가 중2 되던 해에 초님은 결혼을 하며 마을을 떠나 헤어지게 된다. 그렇지만 시우는 초님을 한시도 잊지 않는다. 시우가 가장 힘들어할 때 다시 살아갈 수 있는 힘을 준 것은 초님이었으며, 이제껏 가장 따뜻한 친구로 남아 있다. 초님은 시우를 꼬마로 대하지 않았다. 항상 멋진 친구로 존중해주었다. 그런 초님의 존재로 인해 시우는 죽음을 생각할 만큼 절망적인 순간에도 다시 살아야겠다는 생각을 하게 된다.

같은 또래지만 해인 곁에 머무르며 도와주는 민수는 한결같은 마음으로 해인을 바라보고 지켜준다. 민수는 해인에게 어떤 감정도 바라지 않는다. 그렇지만 해인이 어려울 때마다 가장 먼저 찾는 것은 민수이다. 그렇다고 민수를 이성적으로 생각하거나 좋아하는 마음은 없다. 그냥 친구이다.

어른이 된 해인과 국제 난민캠프에서 만난 스콧, 그들은 국경도 인종도 나이도 성도 뛰어넘는 특별한 우정을 나누고 있다.

이들을 통해 친구의 조건을 생각해보게 되었다. 만나는 사람마다 인연이 되거나 친구가 되는 것은 아니기 때문이다. 그 어떤 조건들이 충족되었기에 남남이었던 사람들이 친구로 발전할 수 있는 것일까?

민수는 해인과 또래지만 이성친구이다.

—"심리학과 가서 뭐 먹고 살래?" 하고 물었더니 그게 그렇게 중요하냐고, 꿈이 더 중요한 게 아니냐고 말하더라고요. 저 충격 먹었어요. 사람의 가치가 공부 잘하는 거, 출세하는 건지…… 민수 말처럼 행복하기 위해서 사는 건데. (34쪽)

민수는 요즘 교육 풍토에 물들지 않고 자신만의 색깔을 찾아 자신의 삶을 꾸리는 당찬 청소년이다. 그런 민수를 통해 해인은 '그냥 이렇게 편한 이성친구가 가능할까?'라는 의문을 갖지만 끝끝내 편한 이성친구로 해인 곁에 남아 있다.

—적어도 민수 군 가슴속에는 모든 것을 사랑할 수 있는 젖물 같은 피가 흐르고 있고, 당당하게 자신의 색깔을 드러내놓고 살아갈 수 있는 깡다구가 묵직하게 자리 잡고 있어. (182쪽)

그렇기에, 민수와 해인은 30년 뒤 어른이 된 후에도 여전히 같은 지향점을 가진 더없이 좋은 친구로 지내고 있다.

시우와 초님은 나이 차가 꽤 되는 고향 누나, 동생이지만 친구로 지낸다. 시우는 초님을 이렇게 표현한다.

—우울하다가도 그녀를 보기만 하면 기분이 좋아지던 그런 친구. (39쪽)

시우는 이성이면서 연상인 초님을 애틋함과 따뜻함이 담긴 의지처로 삼는다.

—나는 태어나서 처음으로 6학년 때 어린이날 선물을 받았는데, 그게 바로 트랜지스터라디오야. 그래, 초님이가 사준 거야. (76쪽)

초님은 시우의 꿈을 존중해 주고 원하는 정서가 무엇인지 누구보다 잘 아는 사람이다.

—넌 좋겠다. 니 맘대로 니 생각을 그릴 수 있어서. (40쪽)

—니 생각을 니 맘대로 그려라. 니가 꿈꾸는 세상을 맘대로…… 그게 좋은 거야. (41쪽)

초님이 선물한 라디오는 시우가 작가의 꿈을 키울 수 있는 결정적인 역할을 한다. 초님은 세상을 떠나기 전 자신이 쓰던 크레파스를 건네며 시우가 어렸을 때 학교로부터 받았던 상처를 보듬어 준다.

마법사(시우)와 몽상가(해인)의 우정을 보면 둘은 서로에게 일기장 같은 존재이다. 끊임없이 자기를 돌아보고 주변을 돌아보며 고백하는 대상이 된다. 해인은 일상에서 쌓인 이야기를 메일을 통해 마법사에게 털어놓으면 마음이 편안해지는 일기장 같은 존재라고 이야기 한다. 마법사 또한 그런 해인에게 편안히 들어주는 말벗을 자처한다.

─난 그냥 너의 말벗이 되어주고 싶었을 뿐이야. 너희들이 흔히 말하는 그냥 그냥…… 살아가는 이야기 들어주고 내가 살아가는 이야기를 너한테 들려주고 싶었어. 그랬을 뿐이야, 그냥. (132쪽)

마법사는 해인의 이야기를 들어주긴 하되, 해인이 부딪히는 문제에 대해 섣부른 충고나 직접적인 발언은 하지 않는다. 해인이 겪은 일과 비슷한 경우를 자신의 청소년기에서 찾아내어 에둘러 이야기 한다. 수직적인 시각이 아니라 그만한 때의 자신의 모습을 비추어 해인에게 고백하듯 수평적인 눈높이로 말한다. 해인을 친구로 생각하지 않는다면 절대 보일 수 없는 태도이다. 어른이기 때문에 앞질러 아이의 앞날을 재단하고 걱정하며 어떤 장애물도 다 비켜가도록 앞만 보고 가라고 옴짝달싹 못하게 하는 해인의 엄마와는 아주 다르다. 엄마이기 때문에, 가족이기 때문에, 혈연이기 때문에 사랑이라는 이름으로 더욱 상처를 주는 것이 아닌가 돌아보게 한다. 해인의 엄마를 보며 거리조절의 실패를 느낄 수 있다. 가족이든 친구이든 연인이든 거리조절의 실패는 결국 상처를 주고 그 상처로 시름하게 된다는 것을 알 수 있는 것이다.

해인에게 마법사가 없었다면, 그리고 마법사 시우에게 몽상가 해인이가 없었다면 이들은 팍팍한 일상을 연명하듯 겨우겨우 이어갈지도 모르겠다는 생각이 들었다. 서로에게 이들 존재는 비상구이자 탈출구 역할을 해주어 다시 살아갈 수 있는 힘을 준다.

3. 친구, 그것은 인생 최고의 행운

나는 종종 생각한다. 친구가 있어 내 인생이 풍요로워졌다고. 인생이 풍요로워지는 데에는 좀 까다로운 조건이 있다는 것을 『친구님』의 친구 관계를 보며 알 수 있었다. 친구는 필연이 아니라 선택이기 때문이다. 선택에는 여러 가지 요건들이 개입하게 되는데 친구를 선택하는 데에는 이해와 존중이 필수라고 본다. 상대가 나를 이해하지 않거나 존중해주지 않으면 친구의 요건은 깨지게 되어 있다. 거기에는 노력이 필요하다. 피를 나눈 가족도 엄청난 노력이 필요한데 그렇지 않은 여러 가지 까다로운 요건으로 성립하는 친구는 말할 것도 없다.

이해와 존중에는 그 온도를 일정하게 유지시켜 줄 거리조절이 필요하다. 그것이 잘 되지 않으면 삐그덕대기 시작한다. 친구는 선택이었기 때문에 버릴 수도 버려질 수도 있다는 전제가 처음부터 있는 것이다.

쉽지 않은 일이다. 『친구님』의 몽상가와 마법사, 해인과 민수, 초님과 시우는 아름다운 거리조절에 성공했기 때문에 오랫동안, 또한 죽음 이후에도 친구로 남을 수 있었다.

상대를 위해 끊임없이 응원을 보내주는 것, 그리고 친구를 위해 마음이든 시간이든 나누어줄 수 있는 것, 그것이 진정한 친구의 조건이 아닐까 한다. 보내주고 내주었다함은 결코 내 안에서 나간 것이 아니라 오히려 고이거나 치료되었다는 것을 알 수 있다. 작품 속 마법사가 몽상가에게 보낸 마음으로 인해 마법사는 성장기의 상처를 치료하고 단절되었던 우정을 찾고 확인하는 선물을 받았지 않았던가.

이상권 작가는 그러한 친구의 조건을 따뜻하게 그려내고 있다.

청소년 친구들에게 먼저 손을 내밀어 눈높이를 맞추는 푸근한 어른이다. 몸을 작게 움츠려야만 볼 수 있는 풀꽃에게도 존중의 눈빛을 마다하지 않는 그이기에, 뭇사람들이 하찮게 여기는 작은 동물들과의 대화도 마다하지 않는 그이기에 가능할 것이다.

나는 이상권 작가의 후배지만 이젠 친구가 되어 줄 수 있냐고 욕심을 내어도 그는 흔쾌히 받아줄 것만 같다. 친구가 되는 데에는 나이도 성별도 국적도 신분도 피부색도 문제가 되지 않는다는 것을 알 수 있는데, 누구나 친구가 될 수 있다는 얘기이기도 하지만 그렇다고 아무나 친구가 될 수 있다는 얘기도 아니다.

사람과 사람과의 순수한 관계보다는 인맥이나 득실을 따져 상대에게서 내가 취할 게 무엇인가부터 계산하는 것이 오히려 권장할 만한 관계라고 보고 배우는 시대이다. 그러한 관계망 하나 형성해 놓지못한 사람은 능력 없는 사람으로 취급당하기도 한다. 이러한 시대 속에 우정을 운운하는 것은 자본과 경쟁의 난무 속에서 낭만타령을 하고 있다고 비웃음을 살 수도 있다. 순수한 것은 촌스럽다고, 착한 것은 나쁘다고 말하는 이 시대에 무엇이 부끄러운 것이고 무엇이 아름다운 것인지 『친구님』을 통해 다시 한 번 생각해보게 되었다.

어떠한 계산도 끼어들지 않는 순수한 사랑의 호감, 그것이 강물처럼 흐를 때 사람들은 사람으로 인해 비로소 행복을 느낄 수 있다. 삶이 지금보다 더 풍요로워지고 따뜻해지길 원한다면 가슴속 '친구님'을 더욱 정성스럽게 모셔보는 것이 좋겠다. 친구, 그것은 삶의 크나큰 선물이자 아름다운 덤이다.

작가의 말

　고등학교 때 만약 내가 작가가 된다면 이런 이야기를 꼭 쓰고 싶었다. 어떤 '영원'에 대한 이야기. 영원히 변하지 않을 절대적인 가치에 대한 이야기. 그중 하나가 영원한 이성 친구에 대한 이야기였다. 그런 이야기를 하면 대부분의 사람들은 "에이, 그게 현실에서 어떻게 가능해?"하면서도 은근히 꿈꾸는 그런 이야기. 그때 내가 구상했던 이야기에 나오는 남녀 주인공은 나이 차이가 백 살이 넘었다. 그래야만 남자와 여자라는 성의 경계를 자유롭게 넘나들 수 있다고 생각했다. 그리고 남자와 여자가 진정한 친구가 될 수 있을까, 하는 말을 들을 때마다 그렇다고 대답했지만 내 목소리는 입안에서만 맴돌다가 어디론가 사라져버렸다. 그런 날 집에 오면 나는 더욱 영원한 사랑을 꿈꾸는 이성 친구에 대한 이야기를 쓰고 싶었다. 그런 영원 속으로 빠져들고 싶었다. 나는 그것이 비현실적이라고 생각하지 않는다. 지금도 마찬가지다. 그래서 나는 청소년들을 만나는 자리가 있을 때마다 이 이야기를 빠트리지 않는다.

"좋은 친구를 사귀세요. 동성친구도 좋고, 애인 사이도 좋지만, 진짜 사랑하는 이성 친구 하나 있으면 정말 좋을 거예요. 환상적일 거예요. 아마 상상도 할 수 없는 즐거움과 힘을 얻게 될 겁니다. 물론 그걸 이상이라고 말하는 사람들도 있어요. 현실에서 불가능한 꿈같은 것들이라고요. 저는 그렇게 생각하지 않아요. 현실에서 어렵다고 해서 불가능한 건 아니잖아요? 힘들 때 의지하고 싶은 이성 친구, 울고 싶을 때 만나서 울 수 있는 그런 이성 친구를 꼭 사귀어보라고 말하는 거예요. 자기보다 나이가 아주 많거나 자기보다 나이가 아주 어린 친구라면 더 좋을 것 같아요. 마치 지구인과 외계인 같은 아주 특별한 관계가 될 테니까요."

아이들이 깔깔깔 웃어대면서 드라마나 영화 같은 곳에서나 나오는 이야기라고 야유한다. 그러면 나는 슬그머니 어린 시절 이야기를 해준다. 바로 어른 친구에 대한 이야기다. 내게는 아주 특별한 어른 친구가 있었다. 내가 살아온 세월보다 세 배쯤 많은 세월을 살아온 여자 어른이었다. 그 친구 때문에 나는 행복했다. 내 생애 가장 아름다웠다. 낯선 곳으로 이사를 와서 힘들어하던 소년에게 다가왔던 그 어른의 눈빛은 늘 환상적이었다. 나도 그렇게 어른이 되고 싶었고, 어른이 된 다음에는 나보다 어린 친구를 꼭 두고 싶었다. 그러면 참 좋을 것 같았다. 항상 아이처럼 살아갈 수 있으니까, 얼굴에서 꽃처럼 웃음이 사라지지 않을 것 같았다. 나는 그런 이야기를 하고 싶었다.

이 소설을 쓰면서 여러 친구들의 도움을 받았다. 어떤 녀석은 초등학교 5학년 때부터 편지를 주고받아 지금은 아이를 낳은 어머니가 되었고, 어떤 녀석은 대학생이 되었고, 어떤 녀석은 고등학생이고, 어떤 녀석은 중학생이다. 내 책을 읽고 편지를 해준 아이들이다. 그런 친구들과 나눈 편지가 이 글의 온갖 뼈대가 되었다. 모두 고맙다. 그리고 미안하다. 내가 더 좋은 친구가 되어주지 못한 아쉬움을 이 글로 대신하고자 한다. 더불어 살아오면서 나한테 친구가 되어주었던 수많은 사람들 그리고 어린 시절의 암소를 비롯하여 강아지, 토끼, 집 주위에 있는 온갖 나무들, 그 모든 것들에게 감사드린다.

밤하늘에 뜬 별들이 희미하게 살아오는 겨울밤,
문득 잃어버린 것들을 떠올리면서.

2014년 겨울, 이상권

친구님

© 이상권, 2014

초판 1쇄 발행일 | 2014년 12월 20일
초판 2쇄 발행일 | 2018년 3월 26일

지은이 | 이상권
펴낸이 | 정은영
편 집 | 사태희 이새봄 이준근
마케팅 | 이경훈 한승훈 윤혜은 황은진
제 작 | 이재욱 박규태

펴낸곳 | (주)자음과모음
출판등록 | 2001년 11월 28일 제2001-000259호
주 소 | 04047 서울시 마포구 양화로6길 49
전 화 | 편집부 (02)324-2347, 경영지원부 (02)325-6047
팩 스 | 편집부 (02)324-2348, 경영지원부 (02)2648-1311
이메일 | jamoteen@jamobook.com

ISBN 978-89-544-3119-4 (43810)

이 도서의 국립중앙도서관 출판시도서목록(CIP)은 서지정보유통지원시스템 홈페이지
(http://seoji.nl.go.kr)와 국가자료공동목록시스템(http://www.nl.go.kr/kolisnet)에서
이용하실 수 있습니다.(CIP제어번호: CIP2014034060)